KB129917

우리는 서로의 얼굴을

오래 보았다

우리는
서로의 얼굴을
오래 보았다

김영롱
지음

웅진지식하우스

프롤로그

처음 에세이 출간을 제안받았을 때, 마냥 해맑은 어린아이처럼 기뻤습니다. 언젠가는 글을 쓰고 싶다는 꿈을 품고 있던 저에게 책을 낸다는 건 상상만으로도 더할 나위 없는 행복이었거든요. 처음에는 치매에 대해 제가 하고 싶었던 이야기들만 떠올랐습니다. 할머니의 치매 진행을 늦춰보려고 우리 가족이 했던 노력과 그로 인한 변화, 치매에 대한 부정적 인식과 오해, 편견 같은 것들을 쓰면 될 줄 알았습니다. 그런데 시간이 지나면서 생각이 바뀌었습니다. 그간 유튜브를 하며 봐왔던 할머니의 눈빛, 표정, 주름의 미세한 움직임과 우리에게 생긴 변화를 되짚어보니 알겠더라고요. 결국 제가 영상과 글로 표현하고 싶은 것은 할머니가 제게 끊임없이 보여준 것, 그리고 우리 가족을 변화시킨 '사랑'이었다는 것을요.

기억이 점점 사라지고 있는 상황에서도 할머니에게 절대 잊히지 않는 순간은 분명 있었습니다. 예를 들면 어린 제게

〈퐁당퐁당〉 동요를 불러주었던 기억 같은 것입니다. 별다를 것 없는 일상의 순간이지만 충만한 사랑과 행복함을 느껴 기억으로 남은 장면. 이제는 그 정수만 남은 할머니의 기억을 들여다보며 저는 켜켜이 쌓인 불필요한 기억들 저 아래에 묻혀 있던 그 소중한 사랑의 추억을 다시 마주할 수 있었습니다. 물론 그 과정은 쉽지 않았지만요.

기억 속 깊은 곳에 묻어두려 했던 일들을 글로 풀어내는 동안, 저는 마치 세탁기에 담긴 빨래 같았습니다. 엉킨 기억들과 얼룩진 감정을 모두 끄집어내 한 단어, 한 문장, 한 편의 글로 털어내고 씻어내는 일은 때때로 저를 모두 소진시키고 나서야 끝이 났습니다. 그 당시 우리 가족의 모습을 현재의 내가 망가트리지 않도록 조심스럽게 마주 보았고, 글을 썼고, 깨끗해진 빨래를 개듯 옛 기억을 고이 접어 마음속에 넣어두는 과정을 반복했습니다. 어떤 기억은 변함없이 아팠고, 어떤 기억은 예전과는 다른 감정을 불러왔습니다. 물기를 짜내 한결 가벼워진 빨래처럼 불필요한 기억이 흘러나가자 이제는 그 감정의 무게에서 한층 자유로워졌음을, 조금 더 성장했음을 느낍니다. 이 책은 여러분에게 어떤 기억으로 남게 될까요?

이제 곧 가을입니다. 할머니는 작년에 다녀왔던 단풍놀이가 행복한 기억으로 남았는지 벌써 아름답게 물들 올해의 단풍을 기대하고 계십니다. 소풍을 기다리는 아이의 표정으로 "올해는 단풍 구경 여러 번 가자!" 하고 말씀하시는 할머니의 맑은 얼굴이 한층 높고 파래진 하늘과 함께 막 찾아온 올가을 저의 첫 기억으로 남았습니다. 기대하는 마음으로 제게 시간을 내어준 여러분의 가을 기억도 맑고 푸르길 바라겠습니다. 더불어 이 책이 먼 옛날 누군가 여러분에게 불러주었던 정겨운 노래, 그리운 사람의 따뜻한 손길, 사랑하는 이의 미소를 떠올리는 책으로 기억된다면 더 바랄 게 없겠습니다. 저는 할머니를 통해 누군가에게 기억된다는 것이 참 고마운 일이라는 걸 배웠거든요. 그럼 긴 글을 이만 줄이겠습니다. 제 책을 읽어주셔서 감사합니다.

2024년 09월

김영롱 드림

차례

2장

기억이 사라져도 기억되는 사랑

3장

할머니의 장례식에 초대합니다

1장

할머니라는 섬

기억

OI

사라지지 않는 단 한 사람

나에게는 신기한 재주가 있다. 늦은 밤 거실에서 들려오는 할머니의 발소리를 완벽하게 분석해내는 재주. 서당 개 삼 년이면 풍월을 읊는다고, 집 안이 한적한 시골집처럼 고요해지는 밤에 예고 없이 방문 너머에서 들려오는 할머니의 발소리를 매일 듣다 보면 이런 재주도 생긴다.

하루 중 온전히 내 것으로 허락된 시간은 모두가 잠든 한밤중이다. 이때 가장 높은 집중력을 발휘하는 나는, 감각의 날을 예민하게 세우고 방구석에 있는 작은 책상 앞에 구부정하게 앉아서 '롱롱TV'에 업로드될 영상을 다듬는다. 작은 소리에도 민감해지는 이 시간에 내 귓가를 두드리는 유일한 소리. 230밀리미터의 주름진 발이 내는 그 소리가 나도 모르는 사이 머릿속에 발소리 분석 리포트를 심어놓았다.

현재까지 적중률 100퍼센트를 기록 중인 이 리포트를 옮겨 적어본다. 규칙적으로 들려오는 '탁, 탁, 탁' 소리는 할머니가 화장실에 가고 있다는 걸 의미한다. 보행기가 벽에 부딪히는 '덜컥, 덜컥' 소리 외에 아무 소리도 들리지 않는다면 방이 어두워서 할머니가 침대를 못 찾고 헤매고 있다는 뜻이다. 발소리가 살짝 멀어지는 듯싶다가 '달그락' 소리가 들리면 십중팔구 몇 시간 전에 저녁 먹은 것을 잊고 냉장고를 뒤지고 있는 거다. 곧 가스불이 켜질 거라는 긴급 신호이니 발딱 일어나 주방으로 출동해야 한다. 화장실에 들어가는 소리가 났는데 아무 기척이 느껴지지 않을 때면 할머니가 볼일은 다 봤지만, 변기에서 일어나 방으로 가야 한다는 걸 잊고 계속 화장실에 앉아 있다는 걸 의미한다.

이 수많은 소리 중에서 아직 적응하지 못한 발소리도 있다. '탁탁탁탁' 내 방으로 점점 가까워지는 다급한 발소리다. 이때는 곧 내 방에 들이닥칠 할머니에게 당황한 눈빛을 보이지 않도록 마음을 굳게 먹어야 한다. 내 눈에는 보이지 않는 사람들이 할머니의 눈에는 보이고 있기 때문이다.

"영롱아, 할아버지 출장 가셨냐? 목장 갔다 왔다더니만 금세 사라져서 어디 갔나 하고 찾는 거여, 지금."

"영롱아, 외삼촌 학교 갔냐? 밥 먹고 나가더니만 어디 갔는지 안 보여."

쉴 틈 없이 환시를 만들어내는 할머니의 뇌 앞에서 나의 뇌는 순간 작동을 멈춘다. 매번 온 힘을 끌어모아 순발력을 발휘해보지만, 환시 증상에 효과적인 말을 찾는 데는 늘 실패한다. 할머니가 지금 찾고 있는 사람은 이미 죽었다고 한다거나 혹은 어딘가에 살고 있는 양 꾸며 이야기하는 것 모두 정답은 아닌 것만 같았다. 할머니에게 무심코 한 말이 상처나 충격으로 남지는 않을지 두렵기도 했다. 나는 그럴 때마다 치매를 글로 배운 사람처럼 "할머니, 지금은 봄이야", "할머니, 오늘은 날씨가 흐렸어" 등과 같이 무의미한 말들을 마구 늘어놓다가 그것도 안 통하거든, "할머니 지금은 잘 시간이야. 얼른 자자"라는 회피형 대답으로 상황을 넘어가려고 애썼다. 물음표가 가득한 할머니의 눈을 피해가며 겨우 할머니를 침대에 눕히고 방으로 돌아오면 영 개운치 않았다.

그런 할머니의 환시에 대해 달리 생각한 날이 있다.

"영롱아, 할머니의 할머니가 지나가는 거 봤냐?"

"할머니의 할머니가 누구야?"

"할머니의 엄마 있잖어. 금방 사라졌어. 너는 혹시 봤나 해서 물어보는 거여."

증조할머니의 환시를 본 할머니가 내게 자신의 엄마를 보았는지 물었다. 문득 영국의 작가 웬디 미첼이 58세의 나이에 조기 치매 진단을 받고 자신의 생각과 생활을 기록한 『치매의 거의 모든 기록』의 한 대목이 떠올랐다. 아버지의 환시를 봤던 경험을 적은 글이었다. 그는 자신에게 보이는 것이 환시라는 것을 인지하고 있었음에도 아버지를 더 보고 싶은 마음에 환시에서 벗어나기 위한 노력을 하지 않았다고 했다. 그 이야기를 할머니의 상황과 겹쳐보니 아차 싶었다. 환시를 당장 의학적 도움이 필요한 증상으로만 보아서는 안 됐던 것이다. 환시는 환자의 심리가 드러나는 영역이기도 했다. 거기까지 생각이 미치자 할머니의 환시를 마주할 때마다 낯설어 긴장되던 마음이 한결 가벼워질 수 있을 것만 같았다. 그리고 할머니 역시 그것이 환시라는 것까지는 인지하지 못하더라도 무엇을 봤는지 기억할 수 있을

지도 모른다는 생각이 들었다.

"할머니, 이틀 전에 할머니의 엄마가 어디 갔냐고 물어봤던 거 생각나?"

"몰라~ 잊어버렸어."

"할머니가 할머니의 엄마를 봤다고 그랬어."

"본 거는 맞어. 그냥 벌판 같은 산인데 노인네들이 쫙 깔렸더만. 그런데 거기에 어머니가 오셨어. 돌아서는데 보니까 우리 어머니더라고. 그래서 내가 "어머니!" 그러고 가서 만지니까 막 못 만지게 하더라고. 그런디 금방 없어졌어."

할머니는 이윽고 일찍 돌아가신 증조할머니가 당신을 얼마나 사랑해주었는지 한참 동안 신이 나서 이야기했다. 엄마에게 예쁨 받는 게 좋아서 엄마가 밥 먹을 때도 그 옆을 떠나지 않던 아이, 엄마가 일이 있어 집을 나설 때면 어디든 손을 꼭 붙들고 따라다녔던 아이였단다. 여태껏 들어보지 못한 이야기였다. 93세 노인이 되어서야 손녀에게 행복했던 기억을 펼쳐 보이는 할머니의 모습은 환시를 볼 때와는 다르게 조금도 낯설지 않았다. 아픈 기억은 묻어버리라고 지시하던 머릿속 제어장치가 서서히 해제되고 있는 것일까? 사무쳐서, 그리워서 가슴 깊은 곳에 담아두었을 기억이 입 밖으로 나오던 순간, 할머니는 그때의 순수한 어린아이가 되어 있었다.

할머니의 환시에는 공통점이 있었다. 목장에 다녀왔다고 했는데 갑자기 사라진 할아버지, 밥을 먹다가 외출해서 돌아오지 않는 외삼촌, 따라오지 말고 얼른 가라고 할머니를 혼내다가 사라진 증조할머니. 할머니가 사랑한 사람들이자 현실에서 더는 볼 수 없는 사람들이 눈앞에 나타난다는 것이다. 이전에는 물어도 좀처럼 말을 아꼈던 이들이었다. 할머니의 뇌는 환영을 통해 보고 싶었던 사람들을 실컷 보라고, 이제는 그리운 사람들을 이야기해도 좋다고 말하는 것 같았다.

그런데 얼마 전에는 돌아가신 분들만 보이는 줄 알았던 환시에 새로운 인물이 나타났다. 그날은 발소리가 아니라 중얼거리는 말소리가 들렸다. 다급하게 방문을 열어보니 할머니가 침대에 옆으로 누운 채 화장대 밑에 있는 누군가를 애타게 부르고 있었다. 어린 나였다.

"영롱아! 이리 와, 아가! 이리 와!"

"할머니, 영롱이 여기 있네!"

"에이~ 네가 무슨 영롱이여~ 너는 나이가 많잖어. 저기 영롱이 이리 오라 그래라. 저기 쭈그리고 앉아서 오라 그래도 안 오고 저러고 보고 있어."

옆에 누워 팔베개를 베라고 연신 권하는데도 어린 영롱이는 화장대 밑에 웅크린 채 꼼짝도 하지 않고 버티고 있었다. 할머니는 금세 다시 잠이 들었지만 나는 생각이 많아져 그날 밤 잠이 들지 못했다. 최근 할머니가 은근슬쩍 내비쳤던 서운한 마음이 생각났다.

"옛날에는 가까웠지만 크면서 조금씩 멀어졌어. 크면 다~ 그렇다 생각허고 그런가 보다 했지. 지금은 다시 가까워져서 좋아."

어린 시절의 나에게 할머니는 온 우주였다. 하지만 머리가 커지면서 집 바깥에서 벌어지는 시끌벅적한 일들, 색다른 구경거리들이 가득한 세상을 더 동경하게 됐다. 집은 그저 기본적인 의식주를 해결하는 일차원적인 공간이 되었고, 할머니는 내 세상이 넓든 좁든 늘 거실 소파에 앉아 있는 사람이었다.

뭐 하냐고 묻는 게 망설여져서 문틈으로 나를 살펴보던 할머니. 그런 할머니와 눈이 마주칠 때면 어쭙잖은 사생활 침해를 들먹이며 문을 닫아버린 나.

나는 할머니의 외로움을 알아채지 못했다. 그 외로움이 궁금해지기까지 너무 오랜 시간이 걸리는 바람에 할머니의 뇌가 어린 영롱이를 화장대 밑으로 데려온 걸까. 아니, 그 어느 때보다 살아갈 이유가 더 명확했던 시절로 할머니를 데려다놓은 것 같았다. 어린 영롱이의 환시 앞에서 다 큰 영롱이는 갑자기 작아졌다.

이제 나는 할머니의 눈앞에 그리운 사람의 환영이 나타날 때면 가만히 안아준다. 할머니가 잠이 들 때까지 옆에 누워서 어깨를 토닥인다. 특별히 말을 하려고 애쓰지는 않는다. 그 대신 눈 맞춤과 체온, 손짓으로 마음을 전달한다. 할머니의 환시에 등장하는 다른 사람들과 달리 결코 사라지지 않을 내가 곁에 있으니 이제는 외로워하지 말라고. 다음번에 어린 영롱이가 할머니 방에 또 오게 된다면 할머니 곁에 누워서 도란도란 이야기를 나누다 함께 잠들었으면 좋겠다.

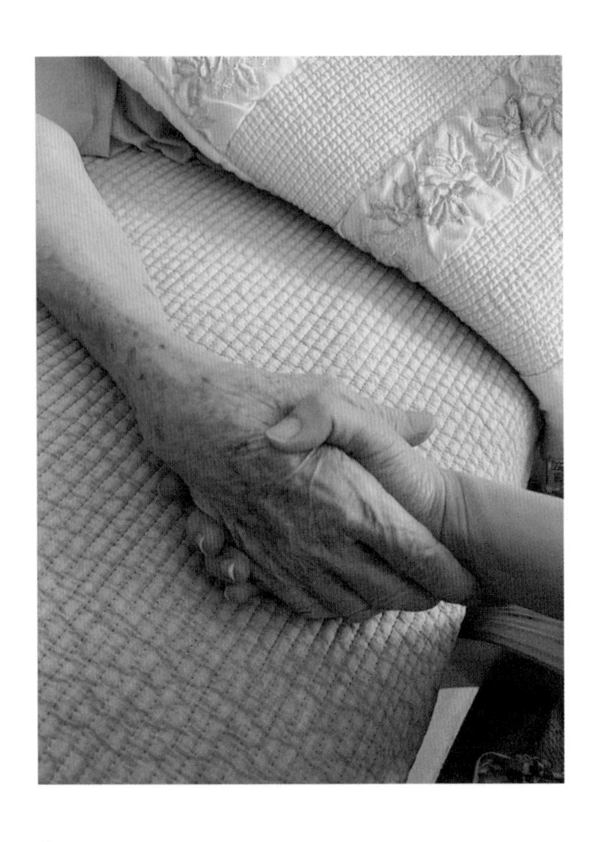

"영롱아! 이리 와, 아가! 이리 와!

저기 영롱이 이리 오라 그래라.

저기 쭈그리고 앉아서 오라 그래도 안 오고

저러고 보고 있어."

기억

02

책상에서 태어난 아기

1988년 2월 21일, 나는 갓 완공된 '영암군 보건소'에서 태어났다. 당시 강원도 태백에서 교사로 근무하던 부모님은 출산 예정일을 2주 앞두고 할머니, 할아버지가 계신 영암의 활성산으로 향했다. 친정어머니나 시어머니에게 산후조리를 받던 시절이라 엄마에게는 다른 선택지가 없었다. 그렇게 강원도의 추위가 채 꺾이지 않은 매서운 2월, 엄마의 출산 원정기가 시작된다.

막달 무렵, 키 149센티미터에 마른 체형인데 비해 유난히 배가 많이 나왔던 엄마에게 동료 선생님들이 "아이고,

구 선생님! 괜찮아요? 숨 쉬기도 힘들어 보이는데요" 하고 걱정했을 정도였다고 하니, 엄마의 상태가 어땠을지는 대충 짐작이 간다. 여기에 더해 활성산까지 엄마를 데려다줄 아빠의 차 상태도 심각했다. 30만 원을 주고 구매한 중고차 포니는 달리기 시작하면 다리 사이로 바람이 불었다. 에어컨이나 히터를 틀면 녹슨 고철 냄새가 스멀스멀 올라왔고, 더운 여름날에는 자동차도 더위를 먹을 수 있다는 걸 알려주려는 듯 길바닥에 주저앉기 일쑤였다. 심지어 산 고개를 넘을 때면 어찌나 비실대던지 엔진이 깔딱거리고 차체가 덜덜 떨렸다. 그런데도 엄마, 아빠는 그 고물 차를 타고 기어이 영암으로 출발했다.

그 시절에는 태백에서 영암까지 놓인 제대로 된 고속도로 하나 없었던 터라 여정은 열두 시간 넘게 이어졌다. 게다가 할머니, 할아버지가 계신 곳은 활성산의 꼭대기였다. 포니는 강원도의 굽이진 고갯길과 길고 긴 국도, 울퉁불퉁한 활성산 길의 모든 진동과 충격을 뱃속에서 꼬물거리던 내게 그대로 전달했고, 상황을 알 턱이 없었던 나는 혹사당한 포니의 몸부림을 이제 나오라는 신호로 받아들였던 모양이다. 다음 날 아침이 되자마자 엄마의 양수가 터졌다. 할머니는 당황한 엄마를 안심시키며 병원에 갈 채비를 했다.

"저 아래에 최신식 병원이 생겼으니 걱정 말고 진통 시작될 때까지 기다리믄 돼야."

진통이 시작되자 엄마는 할머니의 말만 믿고 최신식 병원이라는 곳으로 향했다. 그러나 도착한 새 건물에는 '영암군 보건소' 간판만이 덩그러니 붙어 있었다. 쓰다 만 건축 자재들이 여기저기 널브러져 있어 어제 완공됐다고 해도 믿겨질 정도였고 심지어는 아직 의료진도 없었다. 보건소를 제법 크게 짓는다는 소식이 활성산을 타고 올라오면서 새 병원이 들어선다는 소문으로 살이 붙었던 것이다.

그사이 진통은 더욱 심해져 다른 병원으로 옮길 수도 없는 상황이 되었다. 영암 보건소에서 가장 가까운 큰 병원은 차로 적어도 몇 시간은 가야 하는 광주에 있었다. 대안이 없었던 할머니와 아빠는 동네에 당장 아이를 받아줄 산파가 있는지 수소문했다. 사람들의 도움으로 간신히 구한 산파 아주머니가 보건소에 도착하자 어른들은 무작정 건물 안으로 들어갔다. 내부에는 병원 침대나 의료 용품은커녕 이불 한 장조차 없었다. 강당 안에 덩그러니 놓인 긴 책상이 전부였다. 산파는 하는 수 없이 엄마를 책상에 눕히고 아빠를 내보냈다. 너른 강당에 엄마와 할머니, 산파 아주머니 셋만 남았다. 엄마는 산파의 신호에 맞춰 조선시대 여인처럼 안간힘을 써봤지만 아기는 사정을 봐주지 않았다. 한참의 진통과 "힘줘!"라는 절박한 외침이 이어진 끝에 산파 아주머니는 겁에 질려서 소리쳤다.

"골반이 작아서 안 되겠어요. 이러다가 애도 엄마도 큰일 나요. 큰 병원 가야 돼요!"

그 소리가 빈 강당에 공명해 더욱 쩌렁쩌렁하게 울려 공포가 더해졌다. 이러지도 저러지도 못하던 그때, 엄마의 얼굴 위로 할머니의 눈물이 뚝뚝 떨어졌다. 할머니는 겁에 질린 채로 소리 없이 울고 있었다.

"아이고… 내 새끼 죽네… 내 새끼 죽어…."

엄마는 5남매 중 가장 사랑받지 못한 자식이었다. 첫째는 첫째라서, 막내는 막내라서, 아들은 아들이어서, 둘째는 엄마 역할을 대신하던 착한 딸이라서 예쁨을 받았지만, 그 사이에 낀 넷째였던 엄마는 어린 시절 한 번도 엄마의 사랑을 느껴본 적이 없었다.

가슴에 맺힌 상처도 컸다. 엄마가 열한 살이던 해에 둘째 남복이 이모가 열아홉 살의 나이로 세상을 떠났다. 그 일 이후 할머니는 화가 날 때마다 "숙희 저년을 데려가야지, 내가 복이 없어서 제일 착한 남복이가 죽었다"라며 어린 엄마에게 생채기를 남겼다. 그랬던 할머니가 울고 있었다.

"아이고… 내 새끼 죽네… 내 새끼 죽어…."

엄마가 되는 날, 엄마로부터 처음 느껴본 사랑이었다. 엄마는 그 순간 마지막 힘을 짜냈다.

"됐다! 나왔다!"

할머니의 진한 눈물에 힘입어 태어난 내가 뜨거운 울음소리로 삶의 시작을 알렸다. 나는 이마에 피딱지를 붙인 빨간 고구마 같은 얼굴로 가장 먼저 할머니의 품에 안겼다. 차가운 강당에 아기의 울음과 할머니의 눈물, 엄마의 땀이 뒤섞인 온기가 퍼졌다.

그 후 우리가 어떻게 다시 활성산으로 돌아왔는지 기억하는 사람은 아무도 없다. 할머니가 세상에 있는 미역이란 미역은 다 구해와 엄마에게 따뜻한 미역국을 물리도록 끓여주었다는 이야기만이 내가 들은 후일담의 전부다.

한 가지 확실한 건 그날 이후 할머니와 엄마의 관계에 조금씩 봄볕이 비추기 시작했다는 사실이다. 해쓱한 얼굴로 할머니 옷을 대충 걸치고 웃고 있는 엄마, 나를 품에 안아 정성껏 씻기고 있는 할머니의 모습이 담긴 사진을 보면 알 수 있다. 이전 사진에서는 볼 수 없는 웃음이다.

아빠는 학교가 개학할 때까지 영암에 있다가 다시 태백으로 떠났다. 나는 새싹이 돋아나기 시작한 활성산에서 할머니, 할아버지, 출산 휴가를 받은 엄마와 함께 첫봄을 맞이했다. 그 봄에는 건축 자재들이 널려 있던 보건소 건물 앞에도 분명 예쁜 새싹이 돋았을 거라 믿는다.

기억

03

색종이 모빌

동네 친구들이 활성산을 뛰어다니며 신기한 곤충과 두꺼비를 보며 감탄할 때, 나는 미미와 쥬쥬 인형의 머리를 빗겨주는 데 열중하고 있었다. 활성산을 휘젓고 다니던 아이들이 햇볕에 까무잡잡해지는 동안 내 얼굴은 허연 밀가루색에서 조금도 어두워진 적이 없었다. 당연히 내 무릎에는 그 흔하디흔한 피딱지 한 번 앉은 적이 없었다. 캐릭터가 그려진 운동화는 싫었다. 무조건 빨간 구두만 고집했다. 섬유유연제 향이 진하게 나는 손수건을 얼굴에 덮어줘야지만 잠이 들었고, 기분이 좋지 않을 땐 "빼액—!" 하고 울어버리면 만사가 해결됐다. 나는 영암 목장 왕국의 성깔 고약한 아기 공주이자 무법자였다.

비겁한 변명을 해보자면 이건 다 할머니 때문이다. 할머니의 손녀 사랑은 유별나기로 소문이 자자했다. 친구들과 놀다가 울기라도 하는 날이면 어디선가 할머니가 나타났다.

"우리 영롱이 울리는 놈들은 망태 할아버지한테 던져버릴 거니께 그런 줄 알어!"

최고의 악당이 망태 할아버지였던 우리에게 이보다 더 무서운 말은 없었다. 할머니의 치맛바람이 일으키는 강풍에 친구들은 모두 내 곁에서 멀리 날아가버렸다. "우리 영롱이랑 놀아라!" 하는 할머니의 목소리가 들리면 모여 있던 애들이 순식간에 사방으로 흩어질 정도였다. 상황이 이렇다 보니 내 친구는 점점 할아버지, 할머니, 미미와 쥬쥬로 범위가 좁혀졌다.

할아버지는 어설픈 친구였다. 할아버지가 아는 손녀와 놀아주는 방법이라고는 잠이 든 나를 간지럽히거나, 내 볼에 따가운 턱수염을 비비거나, 배 방귀 장난을 치는 것뿐이었다. 결국 짜증이 극에 달한 내가 "빼액—!" 하고 울면, 할머니의 치맛바람은 어김없이 강풍을 일으키며 출동했다.

"아, 애를 왜 울리고 그랴. 거 이상허네, 참말로!"

할머니의 핀잔에 할아버지는 "놀아주는 거여" 하며 억울해했지만 할머니의 서슬 퍼런 눈빛에 이내 기가 꺾였다. 그럼 일이나 하러 가겠다며 주섬주섬 장화를 신고, 할아버지는 아무 잔소리도 하지 않아 더욱 사랑스러웠을 소들 곁으로 숨어버렸다. 피차 시원찮은 놀이였다.

미미와 쥬쥬도 완벽한 친구는 아니었다. 인형 놀이를 위해서는 두 명이 필요했는데 상대역을 해줄 사람이 할머니밖에 없었기 때문이다. 심심해하는 손녀를 위해 할머니가 두 팔을 걷어붙이고 쥬쥬 역할을 해주던 날이면, 나는 잔뜩 기대에 부풀어 할머니에게 쥬쥬를 건네주었다.

"갸는 이름이 뭐랴?"
"몰라."
"갸는 뭐 허는 애랴?"
"…."

충청도와 전라도가 섞인 사투리로 미미의 데이트 상대가 무슨 일을 하는 놈인지 묻는, 구수하기만 한 쥬쥬와 노는 건 영 재미가 없었다. 할머니는 당황한 얼굴로 자신이 아는 새침한 표현을 모두 동원해봤지만 쉰일곱 살이나 어린 미미를 만족시키기엔 역부족이었다. 금세 지루해진 나는 미미도 쥬쥬도 할머니도 다 싫어진 채로 인형 놀이를 빨리 끝내버리곤 했다.

영암 시내에 장이 서던 날이었다. 오래전이지만 그날의 풍경은 흐릿하게나마 기억에 남아 있다. 움푹 팬 곳마다 구정물이 고인 땅, 겹겹이 놓인 생선들, 방금 캐온 듯한 나물, 북적이는 사람들 …. 그날도 할머니의 손을 꼭 붙들고 눈앞에 펼쳐진 신기한 세상을 구경하고 있었다. 할머니가 장에서 산 물건을 계산하던 순간이었다. 내가 너무 작아서 눈에 띄지 않았는지, 누군가가 나를 확 밀치고 지나가는 바람에 중심을 잃고 젖은 땅에 철퍼덕 넘어졌다.

"빼액—!"
"오메!"

다치지는 않았지만, 섬유유연제 향기가 나던 옷이 구정

물로 더러워져버렸다. 할머니는 날카로운 목소리로 그 아주머니를 불러 세웠다.

"거, 왜 애를 치고 그냥 가요? 애 넘어진 거 안 보여요?"

"아, 부딪칠 수도 있지 뭘 그래요?"

"애가 자빠져서 우는데 그냥 가요? 염병, 뭐 이런 여편네가 다 있어…."

대충 이런 말들로 싸움이 시작됐을 거다. 안 그래도 쩌렁쩌렁한 할머니의 목소리가 더 커지는 바람에 우리 주변으로 사람들이 모여들었다. 나는 화난 할머니의 손을 꼭 잡고 이리 흔들, 저리 흔들거리며 위를 쳐다봤다. 예쁘고 새침한 말들을 들려주던 쥬쥬 할머니의 입에서 뭔지는 모르겠지만 상대 아주머니보다 힘이 센 말들이 마구 발사되고 있었다. 할머니의 큰 목소리가 멀어져가는 아주머니의 뒷모습을 향해 울려 퍼지면서 싸움은 끝이 났다. 한참을 씩씩거리던 할머니가 그날 장에서 무엇을 샀는지는 하나도 기억나지 않는다. 편집된 기억이 다시 재생되는 시점은 집에 돌아와 아무 일 없었다는 듯 할머니가 활짝 웃으며 색종이 두 묶음을 꺼내 드는 장면부터다.

그렇게 색이 예쁜 종이는 처음 봤다. 매끄러운 표면은 만지는 것만으로도 기분이 좋았다. 할머니는 곧장 가위를 가져오더니 모서리부터 중앙까지 둥글게 원을 그리며 색종이를 오리기 시작했다. 긴장되는 순간이었다. 평면이었던 색종이가 점점 입체적으로 변했다. 네모난 모양이었던 색종이는 가장자리에서 중심에 가까워질수록 둥글고 가늘게 물결쳤다. 할머니가 손을 높이 들어 색종이 모빌을 흔들어 보였다.

"또! 또!"

또 한 장을 오렸다. 이번에 할머니는 그 모빌을 목걸이처럼 만들어 보여주었다. 나는 처음 보는 색종이의 획기적인 변신에 까르르 웃으며 바닥에 펼쳐진 다른 색종이도 집어 들었다. 할머니의 얼굴에 뿌듯한 웃음이 가득했다.

"또! 또!"

어느 새 두 묶음이 다 오려졌다. 끝없는 앙코르 요청에 신이 난 할머니의 손짓은 마술쇼처럼 환상적이었다. 색종이들은 하나하나 예쁜 모빌이 되어 내 얼굴 위에서, 내 손

위에서 닿을 듯 말 듯 출렁였다. 우리는 한참 동안 그것들을 흔들고, 머리에 써보고, 목에 걸어보면서 신나게 놀았다. 할머니와 나 사이에는 아이도 노인도 없었다. 씩씩거리던 할머니도, 엉엉 울던 나도 없었다. 우리는 둘도 없는 단짝이 되어 색종이 모빌로 서로를 간지럽히며 마음껏 웃었다.

30대 중반이 된 지금도 할머니의 작은 마술쇼가 생각날 때가 있다. 모빌 사이로 보이는 할머니의 환한 미소와 까르르 웃던 내 웃음소리가 생각지도 못한 순간에 불쑥 찾아와 잔뜩 굳어버린 어른의 얼굴을 부드럽게 풀어주고 떠난다. 그 기억이 다녀간 날에는 한숨이 담긴 무거운 일들도 조금은 가벼워지는 것을 느낀다.

그 순수한 사랑은 나도 모르게 내 안에 스며들어, 할머니가 웃는 게 좋아서 막춤을 추는 지금의 나를 만들었다. 춤에 대해서는 아무것도 모르지만, 할머니를 웃길 수 있는 춤이 어떤 것인지는 잘 안다. 내 모습이 우스꽝스럽고 바보 같아 보여도 할머니가 웃으면 그만이다.

내가 할머니에게 받은 사랑은 그런 것이었다. 사랑하는 사람이 웃으면 내 얼굴에도 함박웃음이 피어나는 것. 그게 사랑임을 오랜 친구인 할머니를 통해 배웠다. 나에게 오롯이 전해진 최초의 사랑은 그렇듯 선명하게 남았다.

기억

04

노병래

"할머니 이름이 뭐예요?"

"노병래."

"할머니 몇 살이야?"

"난 내 나이 먹은 것도 몰러."

"할머니 고향이 어디예요?"

"충청남도 서천군 기산면!"

나이는 잊어도 이름과 고향은 단 한 번도 잊은 적이 없다. 조금의 망설임 없이 면 단위 지역명까지 정확하게 말하는 할머니를 볼 때면 '우리 할머니 치매가 아닐지도 몰라'라는 생각이 머릿속을 휙 스쳐 지나간다.

1931년 12월 12일, 노병래 할머니는 충청남도 서천군 기산면에서 5남매 중 막내로 태어났다. 대문이 널찍한 부잣집 막내딸이었다는 건 꼭 적어야 한다. 할머니가 고향에 관한 이야기를 할 때면 '대문이 널찍한 부잣집'을 은근슬쩍 강조하기 때문이다. 할머니를 참 예뻐했던 부모님은 일제강점기에 일찍 돌아가셨다. 정확한 날짜는 할머니도 나도 모른다. 할머니의 기억은 큰오빠 부부의 집에서 조카들과 함께 살던 때부터 좀 더 선명해진다.

부모님이 돌아가신 후, 오빠 부부는 할머니를 거두어주었다. 스물한 살에 할아버지를 만나 결혼할 때까지 함께 살았으니 오빠 부부가 할머니의 부모가 되어준 셈이다. 조카들은 할머니를 잘 따랐다. 여름날, 할머니와 내가 서로의 손톱에 봉선화 물을 들여줄 때면, 할머니는 그 시절의 추억을 내게 들려주곤 했다.

"여름마다 내가 조카들 손톱 물들여줬지. 빨갛게 물이 들믄 다들 좋다고 손톱만 보고 댕겨. 그게 좋아서 자꾸 해줬어."

할머니는 조카들과 누구 손톱에 있는 빨간 물이 제일 오래가는지 내기를 하기도 하고, 양 손바닥을 하늘로 향해 든 채 어떤 손톱에 물이 가장 예쁘게 들었는지 비교해보기도 했다는 추억을 신나서 풀어놓았다. 어린 조카들이 기뻐하던 몸짓을 흉내 내는 94세 할머니의 잔망스러운 모습을 보니 그 행복이 나에게도 전해지는 거 같아서 자꾸 웃음이 났다.

하지만 할머니는 조카들처럼 학교에 다니지 못했다. 해방 이후 학교에서 한글을 배우는 친구들이 무척 부러웠지만, 오빠 부부에게 차마 공부까지 부탁할 수는 없었다.

"자식이 먼저지. 즈이 자식들 공부시키기도 바쁜디 뭐 내가 눈에 들어오겄어? 공부시켜달라는 말은 엄두도 못 냈지."

할머니는 누가 일러주지 않아도 조카들과 자신 사이에 보이지 않는 선이 있다는 걸 알았다. 학교는 일찍이 포기했다. 너무 어린 나이에 체념하는 법을 배우고 말았다. 그래도 한글을 배우고 싶은 마음을 포기할 수는 없었는지 밤이 되면 조카들의 책을 빌려서 혼자 공부했다. 모르는 게 있으면 조카들의 도움을 받아 한 글자, 한 글자씩 스스로 터득해 결국 읽고 쓰는 법을 배우게 되었다. 제대로 된 가르침을 받은 적이 없어 완벽하진 않지만, 할머니는 그 사실을 늘 자랑스러워했다. 서툰 글씨가 부끄러워 숨기려고 할 때마다 내가 글자를 어떻게 배웠냐고 모르는 척 물어보면 할머니는 몇 번이고 평소보다 더 커진 목소리로 이렇게 외친다.

"그냥 혼자서 터득헌 거여!"

지금은 할머니의 허리가 안 좋아져서 더 이상 하지 않는 활동이지만, 치매를 진단받은 초기에 매일 점심마다 받아쓰기 연습을 한 적이 있었다. 엄마가 한 문장을 적어주면 할머니가 따라 쓰는 식이었다. 때로는 '목욕을 하자'가 '모욕을 하자'가 되기도 하고, '방 안에서 운동하기'가 '방 안에서 우동하기'로 바뀌어 있기도 했다. 처음과 끝이 다른 그 받아쓰기 공책은 한번 보기 시작하면 마지막 장까지 논스톱으로 보게 된다. 삐뚤빼뚤해도 끝까지 써 내려간 글자와 문장들이 힘든 상황에서도 포기하지 않았던 할머니의 삶을 닮아서다.

나이가 몇 살이든 부모가 곁에 없는 삶은 힘든 법인데, 그 어린 나이에 서럽진 않았는지 궁금해서 직접 물어본 적도 있었다.

"할머니, 옛날에 오빠 부부랑 조카랑 살 때 어땠어? 서럽진 않았어?"

"그런 거 없었어~ 오빠 부부가 참 잘 해줬지. 새언니가 착헌 사람이었어."

그리고 할머니는 더 말이 없었다. 내가 아는 것은 여기까지다. 힘들었던 일을 입 밖으로 꺼내지 않는 할머니가 이 이상의 얘기는 해주지 않기 때문이다.

그저 가끔 증조할머니의 환시를 보고 "우리 어머니 못 봤냐?" 하고 애타게 찾을 때 어린 시절의 할머니가 얼마나 외로웠을지 생각해보거나, 할머니가 쓴 삐뚠 글씨를 보며 학교에 다니는 조카들을 얼마나 부러운 눈으로 봤을지 지레짐작해볼 뿐이다. 늘 똑같은 대답 너머의 이야기를 말이다.

올봄에 할머니와 경희대학교로 벚꽃 구경을 갔을 때의 일이다. 할머니는 벚꽃이 활짝 피어 있는 풍경보다 넓은 캠퍼스에 더 관심을 보였다. 전혀 예상치 못했던 반응에 나는 내심 놀랐다. 할머니는 계속해서 이 넓은 공간이 다 같은 학교인지를 물어봤다. 부러운 눈길로 학생들을 바라보기도 했다. 벚꽃이 예쁘다는 말보다 학교 건물이 멋있다는 말을 훨씬 많이 하는 모습을 보며 할머니의 마음이 어디에 머물러 있는지 알 수 있었다.

"할머니가 요즘 세상에 태어났으면 이런 학교도 다 다녔을 거야. 그렇지?"

"그치! 나는 못 배운 게 한이여."

"할머니, 다시 태어나면 내 딸로 태어나. 내가 멋진 가정을 꾸려서 할머니가 공부하고 싶다는 거 다 시켜줄게!"

"그려! 그렇다면 영롱이 딸로 태어나야겄네."

잠시 후, "너는 나이도 많고 신랑도 없어서 이미 글렀다"는 할머니의 말에 우리 삼대는 다 같이 뒤로 넘어갔다. 웃음이 터져 새끼손가락을 걸진 못했지만, 우리는 분명히 약속했다. 다음 생에도 함께하기로.

휠체어에 앉아 있는 할머니의 어깨에 턱을 기대고 봄기운에 신이 나서 돌아다니는 대학생들을 봤다. 흩날리는 벚꽃잎을 맞으며 한쪽 팔에 책을 끼고 캠퍼스를 사뿐사뿐 누비는, 캠퍼스 여신이 된 할머니를 상상해봤다. 벚꽃보다 천배는 더 아름다운 모습이었다.

제일 좋아하는 거 생각하기

목욕을 하자 모욕을 하자

웃으면 복이 오내

방안에서 우동하기

영롱이 잘살아라

영롱이 잘살면 바랄것엇다

기억

05

슬프면 슬픈 대로 살고,
좋으면 좋은 대로 살고

'배운 사람은 허튼짓을 안 헌다.'

94세가 된 지금까지도 변함없이 간직하고 있는 이 순진한 믿음은 꽃봉오리 같았던 스물한 살 할머니와 스무 살 할아버지를 수줍게 이어주었다. 배우는 게 일하는 것보다 어려웠던 시절, 할아버지는 개천에서 난 용이었다. 웬만큼 똑똑해서는 들어가기 어렵다는 서울대학교를 보란 듯이 합격해 다니고 있었으니, 배우지 못한 게 한이었던 할머니에게는 할아버지가 세상에서 가장 멋진 남자였다.

하지만 결혼한 지 얼마 지나지 않아 할아버지 집안이 기울면서 등록금은 할머니가 감당해야 할 짐이 되었다. 할아버지가 서울에서 학교에 다닐 동안 할머니는 서천 시댁에서 베 장수인 시아버지와 함께 직접 짠 베를 팔았다. 남편이 학교를 졸업해야 사람 구실을 하며 살 수 있다는 생각 하나로 악착같이 일했다. 그런데도 돈이 충분하지 않을 때는 오빠 부부에게 돈을 빌려 겨우겨우 등록금을 마련하곤 했다. 할아버지는 할머니의 고생에 보답하듯 졸업장을 품에 안겨주었고, 함께 첫 직장이 있는 춘천으로 향했다.

그곳에서 '수복이, 남복이, 재섭이, 숙희, 선희' 5남매가 태어났다. 할아버지가 벌어오는 돈은 일곱 식구가 생활하기엔 턱없이 부족했지만, 할머니는 어떻게든 살림을 꾸려나갔다. 정신없이 사느라 잘 챙겨주지 못해도 5남매는 아픈 곳 하나 없이 알아서 잘 크고 있다고 믿었다. 그런데 일이 생기고 말았다.

할머니 나이 마흔한 살에 고등학생이던 둘째 딸 남복이 이모가 신장염에 걸렸다. 늘 할머니의 집안일을 돕던 착한 딸이자 반에서 1등을 놓치지 않았던 똑똑한 딸이었다. 할머니는 성장기에 한 번씩 앓고 지나가는 병 정도로 생각하고 병원에 데려가지 않았다고 한다. 그런데 이모의 상태는 시간이 흐를수록 회복되기는커녕 더 나빠지기 시작했다. 뒤늦게 병원에 갔을 때는 신장에 있던 염증 세포가 혈관을 타고 머리로 올라가 뇌수막염으로 번진 후였다. 병은 손쓸 수 없이 커진 상태였고, 돈이 없어서 그렇다 할 치료도 받지 못한 채 이모는 세상을 떠났다. 설상가상으로 딸의 장례를 치러줄 돈조차 없어서 화장을 하자마자 남복이 이모의 유골함은 이름 모를 야산에 묻혔다. 그곳이 어디인지는 아무도 기억하지 못한다. 이모의 유골함과 삽을 들고 대문 밖을 나가던 할머니, 할아버지, 재섭이 삼촌의 뒷모습만이 엄마의 기억 속에 남아 있다고 한다.

그러나 시련은 거기서 그치지 않았다. 11년 뒤, 군 복무만 마치면 앞날이 창창했을 재섭이 삼촌이 부대에서 눈을 감았다. 없는 살림에 새것만 입히고 좋은 것만 먹이며 키운 유일한 아들이었다. 미술을 전공해 제대 후 화가로 활동을 하거나 교단에 설 계획이었다. 이제 날갯짓만 하면 되었는데…. 삼촌은 아스라이 져버렸다.

그 끔찍한 소식이 들려온 날은 아주 평범하게 흘러가던 어느 날이었다고 한다. 삼촌이 복역 중이던 부대에서 전화가 걸려 왔다. 수화기 너머에서 재섭이가 위독하니 지금 바로 부대로 와달라는 남자의 목소리가 들렸다. 춘천에 있던 엄마와 영암에서 소식을 들은 할머니, 할아버지는 모두 청평에 있는 부대로 향했다. 제일 먼저 도착한 엄마를 맞이한 부대장과 부하 직원은 어찌된 일인지 삼촌이 있다는 군 병원으로 가지 않았다. 그들은 다방과 생맥줏집을 오가며 이해할 수 없는 질문들을 했다.

"재섭이가 평소에 아픈 데는 없었니?"
"재섭이가 미대 다닌다고 들었는데 우울증은 없었고?"
"재섭이가 주사가 심하진 않았니?"
"재섭이가 데모는 안 했니?"
"재섭이가 친구들과 문제는 없었니?"

원하는 대답을 듣지 못해서인지 그들은 엄마를 또다시 다른 다방으로 데려갔다. 같은 질문이 계속 반복됐다. 다섯 시간째였다. 부대장은 대학생이던 엄마 앞에서 다방 아가씨의 엉덩이를 주물럭대며 대충 하고 끝내자는 듯 똑같은 질문을 해댔다. 엄마는 밀려드는 공포와 두려움에 울분을 토하며 소리쳤다.

"도대체 우리 오빠 지금 어디 있어요? 무슨 병원이에요? 오빠한테 데려다주세요!"

그제야 그들은 엄마를 데리고 다방을 나왔다. 엄마가 도착한 곳은 부대 뒤편, 미루나무 옆에 있던 허름한 임시 건물이었다. 파란 하늘에 선선한 바람이 불기 시작하던 9월, 위독하다고 들었던 삼촌은 차가운 얼음 위에 누워 있었다. 부대장이 담요를 걷자 삼촌의 모습이 보였다. 흙 밭에서 이리저리 끌려다닌 듯 상처와 피로 물든 맨발, 새까맣게 멍든 다리…. 하지만 엄마를 완전히 무너뜨린 것은 눈을 감은 채 편안한 미소를 짓고 있는 삼촌의 얼굴이었다.

할머니, 할아버지와 소식을 전해 들은 큰할아버지, 작은할아버지도 부대에 도착했다. 누가 우리 재섭이를 죽였냐는 당연한 질문은 받아주지 않았다. 악마 같은 인간들은 자식의 주검을 방금 마주한 부모에게 사인 설명과 애도의 뜻을 밝히기는커녕 거래를 제안했다. 누가 죽였는지 조사를 요구하지 않는다면 삼촌을 국가유공자로 등록시켜주겠다는 조건이었다. 그러면 매달 돈이 나올 거라고. 그 말을 들은 큰할아버지와 작은할아버지는 할아버지를 건물 뒤로 데려갔다.

“재섭이를 누가 죽였는지 요즘 세상에 밝혀질 리 만무하고, 그거 알아내겠다고 느들이 파면 팔수록 재섭이 목숨값은 개 목숨값만도 못해질 거다.”

할아버지는 합의를 받아들였다. 엄마는 할아버지의 결정에 악을 쓰고 울었다. 할머니는 충격 때문인지 당시를 기억하지 못한다. 삼촌은 다음 날 바로 국립대전현충원에 묻혔다. 소만 알던 할아버지, 가족과 살림만 알던 할머니, 프랑스 미술 유학을 꿈꾸던 엄마의 삶은 모두 망가져버렸다. 장례를 마치고 유품이라도 챙겨야겠다는 생각에 엄마는 홀로 부대에 찾아갔다.

“우리 오빠 구재섭 유품 챙기러 왔어요.”

보초병은 엄마를 들여보내주지 않았다. 부대 입구에 서서 한참을 버티던 그때였다. 같은 부대에서 복역 중이던 삼촌의 대학 선배가 문제되지 않을 만한 유품들이 담긴 작은 상자를 들고 나타났다. 상자에는 삼촌이 그린 그림들이 들어 있었다.

“숙희야, 집에 가라. 여기서 이래봤자 너만 힘들고 아무 소용이 없어. 내가 나중에 제대하면 다 얘기해줄게."

엄마는 그 말만을 믿고 집으로 돌아왔지만 진실을 얘기해주겠다던 그 사람은 몇 년이 지나도 연락이 없었다. 이후 엄마는 세상의 그 어떤 것도 중요하게 느껴지지 않았다고 한다. 미친 듯이 그림을 그려서 개인전도 열어봤지만 엄마의 망가진 마음은 삼촌이 누워 있던 그곳에서 헤어나지 못했다.

장례식을 마치고 영암으로 돌아간 할머니, 할아버지의 일상도 마찬가지였다. 할머니는 앓아누운 채 담배 연기 자욱한 방에서 한동안 일어나지 못했다. 하지만 할아버지는 성격도 소를 닮은 사람이었다. 말수는 더 줄었지만, 학생이던 작은이모를 위해 서툰 집안일을 도맡아하며 할머니가 스스로 일어날 때까지 묵묵히 기다렸다.

"쟈이 마른 것 좀 보소. 언제까지 누워 있을 거여."

몇 달을 묵힌 할아버지의 한마디에 깡마른 막내이모가 할머니의 눈에 들어왔다. 할머니는 마지막 남은 힘으로 이불을 확 걷어차고 일어났다. 이 모든 것을 견디려면 얼마나 많은 욕이 필요했을까? 할머니의 목소리는 전보다 더 커졌고 욕도 늘었다. '참 독한 여자, 기 센 여자, 웬만한 남자도 이기는 여자 대장부'라는 별명은 그때 생겼다.

"슬프면 슬픈 대로 살고, 좋으면 좋은 대로 살다 보면 당신들도 이렇게 오래 살아요."

유튜브에 올릴 첫 영상을 찍었던 날, 침대 맡에 걸터앉은 할머니가 불특정 다수의 사람에게 건넨 말이다. 할머니가 살아온 끔찍한 세상에서 숨 쉬고 살아가려면 어쩔 수 없이 택해야 했던 방법이 '흘러가는 대로 산다'였나 보다. 어쩌면 흐릿해진 기억 덕분에 이렇게 무덤덤하게 자신의 인생을 표현할 수 있었던 것인지도 모른다.

할머니는 이 말을 할 때 씁쓸하면서도 따뜻한 미소를 지었다. '슬프면 슬픈 대로, 좋으면 좋은 대로.' 때로는 흘려보내고 때로는 간직하며 살면 살아진다는 말. 지독한 슬픔도, 넘치는 기쁨도 결국에는 한데 섞여 하나의 삶이 된다는 말. 나는 이 문장이 "그래도 살라"는 말로 들린다.

삼촌이 돌아가시고 몇 년 뒤, 내가 태어났다. 할머니, 할아버지만 남은 집에 내가 함께 지내면서부터 영암 집에는 다시 활기가 생겼다. 할머니도 달라졌다. 애들은 놔두면 알아서 큰다고 생각했던 할머니는 어떤 상황에서든 나를 보호하려고 했다. 내가 열이 나는 날이면 어김없이 대형 병원으로 향했고, 홍역을 앓았을 때는 며칠 밤을 새워가며 곁을 지켰다. 친구들과 놀 때도 마찬가지였다. 혹여 내가 다치거나 울까 봐 먼발치에서 늘 지켜봤다. 가장 어려웠던 시절에 치료 한번 제대로 받지 못하고 떠난 남복이 이모에게 사죄라도 하듯, 재섭이 삼촌을 지켜주지 못한 죄책감을 달래듯, 할머니는 자식에게 해주지 못해 한이 된 것을 나에게 해주며 아무도 모르게 슬픔을 달랬던 것인지도 모른다.

이제, 할머니의 말에서 빠진 단어 하나를 채워보려고 한다. 할머니는 사는 것도 포기하지 않았지만 사랑하는 것도 포기하지 않았다. 기억이 흐릿해지고 있는 94세 할머니가 이처럼 자신의 반짝이는 표현력으로 사람들에게 "그래도 살라"고 말할 수 있었던 이유는 조카든, 남편이든, 자식이든, 손녀든 사랑하며 살았기 때문이 아닐까. 사랑하는 사람들 곁에서 자신도 모르는 사이에 위로받고, 존재의 이유를 찾고, 지난 상처를 달래며 앞으로 나아가는 것. 그것이 할머니 말에서 빠진 부분인 거 같다.

"슬프면 슬픈 대로 살고, 좋으면 좋은 대로 (사랑하며) 살다 보면 당신들도 이렇게 오래 살아요."

아마 할머니가 하고 싶었던 말은 이런 말이었을 거다. 세상에 성자가 아니고서야 달고, 짜고, 쓰고, 떫은 인생의 모든 맛을 초월하며 물 흘러가듯 홀로 살아갈 수 있는 사람은 없다.

기억

06

서툴렀던 사랑

"할머님이 어머님께 사랑을 많이 주셨나 봐요."

유튜브를 시작하고 나서 참 많이도 봐왔던 댓글이다. 우리 모녀는 사실과 거리가 먼 이런 글들을 볼 때마다 멋쩍은 웃음을 짓곤 했다. 하긴, 지금 우리 모습을 보고 그 누가 엄마의 상처를 짐작할 수 있을까?

어렸을 때부터 할머니가 화를 내거나 노한 눈빛을 보일 때면 쉬이 감정 조절의 끈을 놓쳐버리는 엄마를 봐오곤 했다. 예를 들어 명절마다 가족들이 연례행사처럼 벌이는 화투판을 할머니가 좀처럼 끝내려 하지 않으면 엄마는 질린 듯 자리를 박차고 일어났다. 또 평상시 할머니가 자주 쓰는 "지랄, 염병하네"라는 말을 대수롭지 않게 여기는 나와 달리 엄마는 얼굴이 굳을 정도로 민감하게 반응했다. 그 둘 사이에서 조마조마할 때가 한두 번이 아니었다.

왜 엄마는 유독 할머니에게 예민했을까? 그냥 넘길 수도 있는 일에 자꾸 화를 내는 엄마를 이해할 수 없었다. 때로는 엄마의 싸늘한 뒷모습을 가만히 보고 있는 할머니가 안타까워서 화를 내기도 했다.

"할머니한테 화내지 마."

보다 못한 내가 할머니 역성을 들면 까닭 없이 엄마에게 혼이 나곤 했다. 고래 싸움에 허구한 날 등이 터져버리는 새우에게 표정이 있다면 딱 그때의 내 표정 같았을 거다. 나는 밀려드는 억울함에 어리둥절해진 채로 화난 엄마 앞에 속수무책으로 서 있곤 했다.

성인이 되고서도 한참 뒤 어느 날이었다. 무슨 일로 엄마가 냉랭해졌는지 기억나진 않지만, 참다 참다 "할머니한테 화내지 마"라는 말을 또 내뱉고야 만 날이었다. 똑같은 레퍼토리로 반복되는 모녀간 냉전의 이유를, 이제는 알아야겠다는 생각이 들었다. 침대에 누워 있는 엄마 옆에 앉아 할머니에게 뭐가 그리 쌓인 게 많아서 그러냐고 진지하게 물어보자, 한참을 머뭇거리던 엄마가 처음으로 아픈 상처를 들려주었다.

엄마가 어렸을 때 할아버지는 춘천 시청에서 공무원으로 근무했다. 할아버지의 적은 월급에 일곱 식구의 생계가 달려 있다 보니 아끼고 아껴도 집안 사정은 늘 어려웠다. 엄마는 그 복작복작한 집에서 가장 존재감이 없었던 넷째였다. 첫째 딸은 장녀라서 대우받았고, 할머니의 살림을 돕던 착한 둘째 딸은 어린 나이에 숨을 거뒀다. 셋째는 아들이라 할머니의 사랑을 독차지했고, 막내딸은 막내라서 할아버지가 유독 예뻐했다. 엄마는 할머니를 가장 빼닮은 딸이었지만 자식 다섯 명 중 한 명 정도의 존재일 뿐, 누구에게도 사랑받지 못했다.

맛있는 음식이 엄마의 몫이 되기까지는 여섯 사람의 입을 거쳐야 했다. 할머니가 앓아누운 둘째 남복이 이모에게 토마토를 사다줬을 때, 어린 엄마의 눈에 죽어가는 남복이 이모보다 설탕 뿌린 토마토가 먼저 들어와 입맛을 다셨다는 말을 들으니 내 마음까지 서글퍼졌다. 부모로부터 축하와 응원을 받아야 할 입학식과 졸업식에도 엄마만 혼자였다. 할머니와 함께했던 엄마의 유일한 학교 행사는 어려운 살림에 대학 간다는 소리를 하지 않고 돈 벌 생각을 해줘서 고맙다는 이유로 참석했던 상고 입학식이 전부였다. 걸어서 한 시간 거리인 학교에 타고 갈 버스비도 엄마에게만 주지 않았다. 엄마는 이모가 입었던 크고 낡은 교복을 입고 몸에 맞지 않는 책가방을 맨 채 매일 왕복 두 시간 거리를 걸어 통학해야 했다.

미용실에 가는 건 사치였다. 머리카락이 자라면 할머니가 주방에서 칼을 가져와 아무렇게나 서걱서걱 잘라냈다. 친구들 사이에서도 엄마의 삐뚤빼뚤한 단발머리와 큰 교복은 놀림거리였다. 부모가 주는 사랑을 듬뿍 받은 친구들의 단정한 모습을 보며 엄마는 늘 외로웠고, 반항심은 점차 커졌다. 한번은 '이렇게라도 하면 나를 봐주지 않을까?' 하는 생각에 할머니가 보는 앞에서 마당의 모래를 한 움큼 집어 삼키기도 했는데, 돌아온 건 평소보다 더 심한 매질과 욕설이었다고 한다.

가장 큰 상처를 받았던 사건은 엄마가 중학생이던 시절, 세찬 비가 내렸던 날에 일어났다. 수업이 끝나고 다른 친구들은 정문 앞에서 우산을 들고 서 있는 엄마에게 달려갔지만, 엄마를 기다리고 있는 사람은 아무도 없었다. 어쩔 수 없이 그 비를 다 맞으며 집으로 향하는데 온몸이 젖어 밀려드는 한기와 지독한 외로움에 몸이 덜덜 떨렸다고 한다. 한 시간을 걸어 집에 도착해보니 할머니가 동네 아주머니들과 함께 화투를 치며 깔깔거리는 소리가 대문 밖까지 들려왔다. 젖은 옷을 갈아입으려고 방으로 들어갈 수조차 없을 만큼 집은 사람들로 북적였다. 그런데 그중에서 엄마에게 괜찮냐고 묻는 사람은 아무도 없었다. 엄마는 그 순간, 아니 오랫동안 그 집에서 존재감이라고는 없는 투명 인간과 같았다.

엄마가 우두커니 서 있자 "너 왜 그러고 서 있냐?" 하는 할머니의 날 선 물음이 들려왔다. 그 말에 참았던 울분이 터졌다. 엄마는 악에 받쳐서 죄 없는 책가방을 있는 힘껏 내팽개쳤다. 할머니가 마당으로 쫓아 나와 무슨 경우냐며 혼을 내자 엄마도 지지 않고 대들기 시작했다. 할머니가 엄마를 밀쳤다. 엄마는 마당에 픽 쓰러져서는 노한 눈빛의 할머니를 노려봤다. 할머니는 그 순간 화를 이기지 못하고 옆에 있던 큰 돌을 집어 들었다.

"너 이년, 너 죽고 나 죽자!"

엄마는 말없이 할머니 손에 들려 있는 묵직한 돌을 바라봤다. 정말로 내려치려는 눈빛이었다. 무섭도록 소름 끼쳤던 그 눈에 사랑은 없었다. 엄마는 체념했다. 죽이려면 죽이라는 마음으로 할머니를 똑바로 본 채 가만히 누워 있었다. 할머니의 두 손에 들린 돌이 하늘로 향하던 그때, 마침 대문을 열고 들어온 재섭이 삼촌이 그 모습을 보고 할머니를 말렸다.

"엄마, 왜 그래요! 그만해요! 숙희, 너 얼른 들어가!"

삼촌의 중재로 소동은 끝났지만 엄마의 일부분은 그 커다란 돌에 짓눌려버렸다. 엄마는 그날 이후 두 시간이 넘는 등하교 길을 오가며 내가 사는 세상이 진짜일 리 없고, 친부모가 언젠가 나를 데리러 올 거란 생각에 잠겼다고 한다. 현실이 너무 버거울 때 부정만이 위안이 되듯이 그렇게.

시간이 한참 지나 엄마가 그때의 응어리를 풀어보려고

할머니와 대화를 시도해본 적도 있지만, 할머니는 번번이 지나간 일을 뭐 때문에 들쑤시냐는 말과 함께 욕설로 끝을 냈다고 한다. 결국 엄마는 아픈 상처만 더 자극하는, 의미 없는 대화를 포기했다. 가슴속에 언제 터질지 모르는 폭탄을 끌어안고 그것이 터지지 않기만을 바라며 살아갈 수밖에 없게 되었다.

어린 시절의 상처를 다 털어놓고 나자, 엄마가 미세하게 몸을 떨었다. 나는 그때 엄마에게서 몸을 잔뜩 웅크린 채 울고 있는 중학생 여자애를 봤다. 외모에 관심이 생기기 시작해 더욱 예민한 나이에 쥐 파먹은 듯한 단발머리를 하고 잔뜩 주눅이 들어버린 아이, 자신이 얼마나 예쁜지 모르는 채 고개를 푹 숙이고 걷던 어린 나의 엄마. 엄마에게 필요했던 건 작은 사랑 표현이었을 거다. 나는 눈물을 보이며 떨고 있는 엄마를 꼭 안아줬다.

그동안 할머니의 작은 욕설에도 과하다 싶게 반응했던 엄마가 이해됐다. 내게는 농담, 걱정, 사랑으로 받아들여졌던 할머니의 구수한 욕설이 엄마에게는 아픈 상처를 들쑤시는 독한 말이었다. 할머니가 화가 날 때면 나오는 노한 눈빛과 막말, 한번 시작하면 끝날 줄 모르던 친척들과의 화투판을 왜 그렇게 싫어했는지도 알게 됐다. 엄마에게는 그날의 상처를 상기시키는 촉발제였던 것이다. 평화로운 듯 보였던 우리 가족의 일상이 자꾸만 작은 일로 삐걱거렸던 이유가 함께 살기로 선택한 할머니와 엄마 사이에 엉킨 상처가 풀리지 않아서였구나…. 그 상처가 꼬일 대로 꼬여서 서로 끌어안을 수도, 멀어질 수도 없게끔 각자의 상처가 난 자리에 둘을 묶어두고 있는 것만 같았다. 모든 것이 이해되던 순간, 나는 어찌나 속이 쓰렸는지 모른다.

안정과 애착 없이 자란 삶이 단단한 반석 위에서 뻗어 난 삶만큼이나 깊이 뿌리를 내리려면 홀로 애써야 할 게 많다는 걸 모르는 사람은 없다. 기댈 곳 없었던 엄마는 긴 시간 동안 자신의 인생을 외로이 감당해야 했다. 상처를 견뎌내기 위해서 아마 평생을 노력해야 했을 거고, 혼자서라도 바로 서려고 스스로 많은 걸 터득해갔을 것이다. 엄마가 할머니의 작은 행동들에 불에 덴 듯한 반응을 보였던 건, 온 힘을 다해 바로 서게 된 자신이 그때마다 흔들렸기 때문이라는 걸 이제는 안다.

생각해보면 할머니도 부모로부터 사랑받지 못한 사람이었다. 어린 나이에 부모를 여의고 오빠 부부의 손에서 큰 할머니는 어떻게든 자신을 증명해내야지만 어렵사리 그 안에서 제 존재를 확인하며 살아갈 수 있었을 것이다. 어쩌면 엄마가 그런 자신을 가장 많이 닮아서, 볼 때마다 힘들었던 어린 시절이 떠올랐던 건 아닐까? 나는 할머니가 엄마를 사랑하지 못했던 이유를 그렇게 이해하기로 했다.

두 사람의 관계가 조금씩 달라진 건 삼촌의 설득으로 엄마가 대학에 입학하고 미술 교사라는 직업을 갖게 된 후부터다. 할머니는 엄마를 인정하기 시작했다. 그리고 내가 태어나던 순간 엄마의 얼굴 위로 떨어졌던 할머니의 눈물과 나를 진심으로 사랑해주는 할머니를 보면서 엄마의 마음에 조금씩 고마움이 쌓여갔고, 그 고마움은 할머니와 엄마 사이에 사랑이라는 감정을 싹트게 했다.

우리의 일상이 담긴 유튜브 영상을 보고 많은 사람들이 우리 삼대가 30년이 넘는 시간 동안 함께 살 수 있었던 데에는 이런 배경이 있을 거라고 추측했다. 나의 아빠가 너그러워서라던가, 엄마가 할머니에게 사랑을 많이 받고 자라서일 거라는 식이었다. 모두 다 보기 좋게 틀렸다. 그건 나를 키워준 할머니에 대한 고마움과 비록 서투르지만 남은 날들은 과거와 다르게 살아보고자 한 엄마의 결심 덕분이었다.

어느 순간부터 할머니가 엄마에게 고마울 때면 하기 시작한 말이 있다.

"우리 숙희가 최고여."

엄마는 그때마다 아이처럼 환한 웃음을 짓곤 한다. 모녀 사이의 중재자이자, 관찰자인 나는 가까워졌다가도 다시 멀어지기를 반복하며 천천히 마음의 거리를 좁혀가는 두 사람이 언젠가는 만날 수 있게 되기를 마음속으로 오랫동안 응원해왔다. 가끔 삐걱거리기는 해도 고마움과 애정을 표현하며 함께 웃는 일상이 있다는 건, 서로가 사랑하고 있다는 뜻일 테니까.

기억

07

할머니라는 섬

초등학교 5학년, 전교 부회장이 된 날이었다. 기쁜 마음에 학교 운동장 옆에 있는 공중전화 박스로 달려갔다.

"엄마! 나 전교 부회장 됐어!"

평소 같았으면 기뻐하며 난리가 났을 텐데 왜인지 반응이 없었다. 잠시 머뭇거리던 엄마가 나지막이 말을 꺼냈다.

"…영롱아, 놀라지 마. 할아버지가 방금 돌아가셨어."

지난 3개월 동안, 불룩한 배를 통통 두드리던 할아버지가 뼈만 남도록 앙상해지는 걸 봐왔지만, 막연하게 생각했던 부재가 현실이 되자 좀처럼 실감이 나지 않았다. 여름이 되면 매일같이 아이스크림을 먹자고 나를 꾀어 할머니에게 혼나기 일쑤였던 나의 사랑하는 할아버지. 나만 보면 "영통!" 하며 발그레한 볼살을 한껏 끌어올리던 할아버지가 이젠 세상에 없다는 사실이 머릿속을 멍하게 만들었다. 조금 전 빅뉴스를 안고 한달음에 공중전화로 전력 질주했던 두 다리에 힘이 풀렸다. 나는 집으로 가는 게 싫어져서 어지러운 골목길을 부유하는 먼지처럼 떠돌아다녔다.

할아버지의 통통한 배에서 만져졌던 묵직한 덩어리는 암이었다. 할아버지는 마치 시간 약속을 지키려는 사람처럼 3개월 시한부 판정을 받은 날부터 빠르게 쇠약해졌다. 병원에서는 항암 치료도 수술도 권하지 않았다. 엄마는 암에 관련된 책들을 뒤져가며 좋다는 민간요법들을 집요하게 시도해봤지만, 성격 급한 할아버지는 딱 3개월째가 되던 날 우리 곁을 떠났다.

장례가 진행되는 동안 나는 친척 집에 잠시 머물기로 했다. 할아버지와 이별하는 과정을 내가 감당할 수 없을 거라고 생각한 엄마의 결정이었다. 3일 뒤 어른들이 서천 고향에 할아버지를 묻고 집에 도착한 날, 할머니는 상복을 입은 채 소파에 대자로 뻗어 힘들어 죽겠다며 벌컥벌컥 물을 들이켜더니 바로 잠들었다. 혹시 큰일을 치르고 집에 돌아온 할머니가 식음을 전폐하면 어쩌나 했던 가족들의 걱정이 무색하게 밥도 잘만 먹었다. 어린 마음에 그런 할머니가 원망스럽고 낯설어 그 밤 유독 마음이 서늘했다.

하지만 잘 이겨낼 거라고 생각했던 할머니는 차츰 할아버지가 없는 일상의 변화를 겪어야 했다. 저녁마다 조기를 구워주고 과일을 깎아줘야 하는 사람은 이제 없었다. 집안일은 딱 할아버지가 빠진 만큼 줄었고, 3개월 동안 할아버지 곁을 지켰던 자식들은 다시 일터로 돌아갔다. 할머니만 남은 집에는 점차 사람들의 발길도 끊기기 시작했다. 명절마다 "갸이는 왜 안 와?"라는 질문을 던질 때 서운함과 슬픔이 가득했던 할머니의 눈빛이 생각난다. 몇 년 사이에 할머니는 모든 집안 행사를 이끌던 어른에서 쓸데없는 집안 행사까지 챙기려 하는 꼬장꼬장한 노인네가 되어 있었다.

생활 반경도 점점 좁아졌다. 삼촌의 보훈 급여를 찾으러 우체국에 다녀오던 날, 할머니는 바지에 소변을 보며 길에서 쓰러졌다. 심장 혈관이 막힌 게 원인이었다. 결국 할머니는 수술까지 받게 되었고, 심장 수술 이후 오래 누워 있다 보니 아픈 무릎은 더 안 좋아졌다. 할머니가 혼자 걸을 수 있는 거리는 점차 줄어들었다. 비슷한 시기에 아슬아슬했던 청력도 급격히 나빠졌다. 총 세 개의 보청기를 맞춰드렸지만 어지럽다는 이유로 착용을 거부하는 통에 결국 우리는 두 손 두 발을 다 들었다. 귀가 어둡다 보니 용기 내어 외출한 날에도 생판 모르는 사람들에게 무시당하는 일이 잦았다.

내가 고등학생일 때만 해도 오랜 화투 친구들을 만나러 춘천에 사는 작은이모 집에 몇 주씩 머물렀던 할머니는 몸의 변화를 겪은 뒤로 더 이상 춘천에 가지 않았다. 체력도 체력이지만 그 좋아하던 화투판에서의 왁자지껄한 소리가 들리지 않으니 소외감을 느꼈던 모양이다. "뭐?", "누구?", "여보세요?"만 반복하는 통에 할머니에게 드문드문 걸려오던 전화 역시 점점 줄어들더니 곧 끊겨버렸다. 집에서 텔레비전을 보는 시간은 점점 길어졌다. 텔레비전 소리에도 변화가 생겼다. 처음에는 텔레비전과 싸움이라도 하듯, 볼륨을 있는 대로 높여 듣던 할머니는 알아들으려고 신경을 쓰는 것도 피곤했는지 어느 순간부터 볼륨을 0으로 맞추고 보기 시작했다. 그 결과 뉴스든 드라마든 할머니만의 세상에서 해석된 내용은 현실과 매우 동떨어져 있었다. 결국 할머니가 보는 방송은 소리를 듣지 않아도 쉽게 이해할 수 있는 홈쇼핑 프로그램으로 대체되었다.

이 모든 변화는 할머니에게 우울증이 오고 있다는 사실을 소리 없이 알리고 있었지만, 나는 알아채지 못했다. 이상한 얘기 같지만, 할머니도 외로움과 우울함을 느낄 수 있다는 그 당연한 사실을 생각조차 하지 못했다. 할머니는 내가 아는 그 모습 그대로 한결같이 내 옆에 있을 것만 같았다. 더 나이 들지도 않고, 크게 슬퍼하거나 요동함도 없이 "지랄, 염병하네" 하는 모습으로 영원히. 그래서 할머니의 세계가 서서히 쪼그라드는 것을 보고도 그 나이가 되면 응당 그런 것이라고 치부하며 외면했다.

나도 우울증을 앓았던 적이 있다. 내 우울증은 아빠에게 받은 상처로 마음이 곪아버려 생긴 병이었다. 엄마와 아빠가 이혼하던 날, 나는 엄마와 살더라도 아빠와 연락하며 지내고 싶다고 말하려고 전화를 걸었다. 그런데 수화기 너머에서 들리는 아빠의 차가운 목소리에 차마 입이 떨어지지 않아 아무 말도 못 하고 전화를 끊어야만 했다. 엄마에게

"그럼 이제 영롱이는 네가 다 책임져"라는 한마디로 나를 밀어낸 건 순간적으로 괴로워서 튀어나온 말일 거라고 생각했는데 아니었던 걸까. 아빠가 독한 술 냄새를 풍기며 엄마 목에 식칼을 들이대고, 고3 수험생 시절을 밀가루 반죽하듯 주물렀어도, 고등학교 졸업식이 언제인지 몰랐어도, 대학 합격 소식에 조금도 기뻐하지 않았던 단 한 사람이었어도, 나는 단지 아빠라는 이유로 관계를 놓지 않았다.

합격한 대학이 성에 차지 않아 재수하던 때였다. 도서관에서 공부하고 있는데 오랜만에 아빠에게 전화가 걸려왔다. 아빠가 부담하고 있던 단 한 가지, 내 핸드폰 요금이 많이 나왔다는 게 용건이었다. 그 이유로 아빠에게 욕을 듣던 날, 머릿속에서 뭔가가 툭 하고 끊어지는 느낌이 들었다.

혼자 찾아간 정신과에서 처방받은 약은 어째서인지 상황을 나아지게 만들지 못했다. 기쁨도 슬픔도 느낄 수 없었다. 정신과 의사는 엄마와의 면담을 요청했다.

"어머님이 영롱이를 지켜주셔야 합니다."

내 상태를 자세히 알지 못했던 엄마는 의사의 말에 큰 충격을 받았다. 자신이 달라지지 않으면 나를 지킬 수 없다는 생각에 달라지기로 결심했다. 망가진 나를 매일같이 안아주고 사랑한다고 말해주었다. 그리고 그날그날 있었던 평범한 일들에 대해 오래 이야기를 나누는 시간을 만들었다. 할머니는 그 모든 일이 지나가는 동안 우리 집의 지붕이 되어주었다. 항상 따뜻한 밥을 차려줬고, 늘 깨끗한 옷을 입을 수 있게 해줬고, 방이 더럽혀지지 않도록 온 힘을 다해 청소해줬다. 엄마의 엄마로서, 나의 엄마를 지켜주기도 했다. 차츰 내 우울증은 옅어지기 시작하더니 어느새 흔적도 없이 사라졌다.

우울증의 시작이 으레 그렇듯 할머니와 나의 우울증은 관계 속의 좌절과 외로움에서 비롯됐다. 하지만 다가오고 드러나는 모습은 너무 달랐다. 내가 할머니의 우울증을 너무 늦게 알아본 또 다른 이유는 아마 그 생김새의 차이 때문이었던 것 같다. 내 우울증이 큰 사건들과 함께 요란스럽게 찾아왔다면, 할머니의 것은 적막함 속에서 아주 천천히 찾아왔다. 내가 그동안 쌓아뒀던 상처들을 눈물로 다 폭발시키고 난 후에야 다시 일상으로 돌아올 수 있었다면, 할머니의 아픔은 조용히 속으로 삼켜지는 것 같았다. 결말도 달랐다. 나는 할머니와 엄마가 만든 울타리 안에서 점차 나아졌지만, 할머니는 누군가 울타리를 만들어주는 것조차 거부했다. 슬픈 일은 쓰레기통 비우듯이 확 치워버리는 게 할머니가 견뎌내는 방식이었기 때문이었을까? 할머니의 우울증을 눈치챈 엄마가 조금이라도 다가가려고 하면 늙음을 이유로 들며 거기에는 어떤 도움도 필요치 않다는 듯 욕설과 신경질로 엄마를 밀어냈다. 할머니는 자꾸만 더 가라앉았고, 불 꺼진 방에서는 홈쇼핑 프로그램에 등장하는 사람들만 소리 없이 웃고 있었다.

할머니의 세계는 점점 좁아지더니 어느새 작은 섬과 같아졌다. 특별한 날에만 사람들이 배를 타고 와서 축제를 벌이는 섬, 사람들이 지친 얼굴로 떠나고 나면 그전보다 더 적막해지고 마는 외딴섬이 되었다. 나는 그제야 알았다. 할머니의 치매는 세상과의 소통이 멈춰 더 이상 움직일 수 없었던 뇌가 웅크리면서 시작된 병이자 지독한 외로움에서 시작된 병이라는 걸.

얼마 전, 할머니와 둘이서 저녁을 먹고 있던 때였다.

"내가 지금 몇 살이지?"
"아흔네 살!"

"내가 그렇게 많이 먹었어? 죽을 때가 다 됐고만!"

문득 할머니의 인생에서 어떤 시기가 가장 또렷하게 기억이 나는지 궁금해졌다.

"할머니는 94년 인생 중에, 언제가 제일 기억에 남아?"

흐릿한 눈으로 허공을 바라보던 할머니가 한참 뒤에 말했다.

"느이 할아버지 돌아가셨을 때."

할머니는 할아버지가 떠났을 때 참 많이 울었다고 했다. 아빠 없이 자랐던 할머니에게 할아버지는 남편 이상의 존재였다고, 그래서 할머니가 할아버지를 더 많이 사랑했다고 말해주었다. 할아버지가 떠난 지 벌써 26년이 지났다. 할아버지를 묻고 집에 돌아왔던 날, 우걱우걱 밥을 먹는 할머니를 보고 어린 마음에 독하다고 생각했던 게 너무나 미안해졌다. 할머니를 다 알고 있다고 생각할 때마다 이렇게 한 번씩 뒤통수를 맞는다. 그게 참 우습다는 생각을 하고 있는데, 할머니가 순진한 눈빛으로 물었다.

"내가 지금 몇 살이랴?"

기억

08

당연하지 않았던 것

나는 어딜 가든 할머니 등에 딱 붙어 있던 하얗고 작은 껌딱지였다. 내 고사리 손과 할머니의 검버섯 핀 주름진 손은 좀처럼 떨어질 새가 없었다. 할머니는 엄마 같은 존재였다. 땅에 내려가면 큰일이 나는 줄 알았던 나는 잠도 할머니의 배 위에서 잤다. 할머니가 먹여주는 음식을 먹듯이 그 포근한 사랑을 마음껏 흡수하며 자랐다. 할머니가 눈에 보이지 않을 땐 세상이 뒤집히는 줄 알았다. 고집 센 울보였던 손녀의 투정에 지친 할머니가 잠시라도 몸을 숨기면, 나는 소 울음소리가 가득한 목장이 떠나가라 울어젖히며 뒤뚱뒤뚱 걸어서 할아버지 사무실에 찾아갔다.

"할아부지, 할무이가 없어졌어."

할머니가 입혀준 티셔츠에 기저귀 하나만 달랑 차고 눈물범벅이 되어 할아버지에게 안기면, 할아버지는 나를 안고 할머니를 찾아나섰다.

"아, 왜 애를 두고 나가고 그려. 참말로."
"애가 하도 떼를 쓰니까는 힘들어서 그려."

할아버지와 함께 집 뒤쪽에 있던 작은 공터에서 숨을 돌리고 있는 할머니를 찾아낸 나는 세상 서러운 울음을 터트리며 할머니 품에 안겼다. 할머니는 어쩔 수 없다는 듯 나를 안고 집 안으로 들어가 얼굴에 섬유유연제 향기가 가득한 하얀 손수건을 덮어주었다. 그러면 나는 세상에서 가장 안락한 요람인 할머니 품에서 곧 잠이 들곤 했다.

할머니 역시 내가 없으면 그 허전함을 견디지 못했다. 학교 방학 기간을 틈타 영암에 온 엄마, 아빠가 도저히 발길이 떨어지지 않아 나를 데리고 태백으로 돌아가면, 어김없이 영롱이 쟁탈전이 벌어졌다. 할머니는 엄마에게 매일같이 전화를 걸어 별일이 없는지를 물었다. 내가 조금이라도 아팠다거나 엄마, 아빠가 출근해 있을 동안 보모 아주머니가 성의를 다하지 않았다는 소리가 들려오는 날에는 할머니는 이 핑계, 저 핑계를 대며 할아버지와 함께 그 먼 길을 달려와 나를 다시 영암으로 데려갔다. 나중에는 그 의도를 눈치챈 엄마가 빈틈을 보이지 않을 때도 있었다. 할머니가 아무리 전화해도 받지 않거나 잘 지내고 있다며 둘러대는 식이었다. 그럴 때는 최후의 카드인 할아버지가 나섰다.

"어이! 구숙희, 잘 살고 있냐? 나가 영롱이가 없응께 아주 사는 맛이 안 나는디."

영롱이가 없으니 집이 쥐 죽은 듯 고요해서 사는 재미가 없다는 할머니, 할아버지의 성화에 초원이 펼쳐진 영암 목장은 내 어린 시절 대부분을 보낸 정겨운 고향이 되었다.

내가 여섯 살 때, 엄마가 교사를 그만두게 되면서 우리는 지금 사는 서울 집으로 이사를 왔다. 1년 뒤에는 정년퇴직한 할아버지와 할머니도 이곳으로 이사를 와서 삼대가 함께 살기 시작했다. 할머니, 할아버지에게 그 시기가 가족과 함께 여유로운 시간을 보낼 수 있는 인생의 황혼기였다면, 나에게는 가족의 품 밖에 있는 커다란 세상을 향해 한

걸음씩 나아가기 시작한 시기였다. 유치원을 거쳐 초등학교에 들어갔고 친구를 사귀었고 좋아하는 것들이 생겼다. 할머니와 손잡고 걸으며 구경했던 키 작은 세상 너머의 흥미로운 것들이 눈에 들어오기 시작했다.

초등학생 때는 뭐가 그렇게 재미있었는지 매일 이곳저곳을 달리기 시합하듯 뛰어다녔고, 중학생 때는 공부가 좋아 책상 앞에서 많은 시간을 보냈다. 고등학생 때는 방황하느라 바빴다. 그런데 디자이너라는 꿈이 생긴 다음부터는 아침마다 어떻게 하면 학교에 안 갈 수 있을지를 궁리하던 삶이 밤늦게까지 미술 학원과 학교를 오가며 디자인과 입시를 준비하는 삶으로 180도 달라졌다. 머릿속이 온통 입시뿐인 시절이었다. 대학생이 된 뒤로는 술집 문턱을 넘나들 수 있다는 기쁨에 친구들과 노느라 정신이 없었다. 그러다 파리 유학을 꿈꾸게 되면서는 하루에 세 탕씩 아르바이트를 뛰며 돈을 모으기 위해 동분서주하는 삶으로 또 한 번 변화를 맞게 되었다.

어린 시절 내 세상의 전부였던 집은 어느새 잠만 자는 공간이 되었다. 할머니의 존재감 역시 점점 작아졌다. 내게 할머니와 함께 살고 있다는 건 매 순간 숨 쉬는 것처럼 너무나 당연한 일이었다. 매일 아침 나를 깨워주고 입고 갈 교복을 다려주던 사람, 아침밥과 저녁밥을 챙겨주던 사람, 사골국을 따뜻하게 데워 도시락에 담아주며 내 인생을 살뜰히 보살핀 사람이 할머니였는데도 말이다. 대학생 때 종일 아르바이트를 하고 집에 돌아오면 장롱 앞에는 깨끗하게 세탁된 빨래가 단정하게 정돈되어 있었다. 그럴 때 내 머릿속에는 '빨래했구나' 정도의 생각만 무심하게 스쳐 지나갈 뿐이었다. 나는 할머니의 하루를 궁금해한 적이 없었다. 할머니는 마치 거실에 놓인 묵직한 소파 같았다. 늘 한 자리에 있었고, 앞으로도 그 자리에 있어 힘들 때 언제든 기댈 수 있는 그런 존재.

내가 4년간 파리에서 패션 디자인을 공부할 때도 할머니와 나는 영상통화 한 번 한 적이 없었다. 넉넉지 않았던 살림에 내 학비를 마련하느라 어금니가 빠질 정도로 힘들게 일했던 엄마의 건강만이 가족에 대한 나의 유일한 걱정거리였다.

"할머니는?"
"할머니는 뭐 맨날 똑같지. 잘 계셔."

할머니의 안부는 이 정도의 소식만 들어도 충분했다. 내가 굳이 묻고 걱정하지 않아도 할머니는 서울 집에서 변함없이 잘 지내고 있을 것만 같았다.

제법 불어 실력이 늘자 나는 당장 부족한 생활비를 벌기 위해 온갖 아르바이트를 닥치는 대로 해야만 했다. 청소, 베이비시터, 서빙, 살던 원룸까지 여성 여행자와 쉐어하며 학교를 다녔다. 그 과정에서 많은 친구를 사귀고 그때가 아니면 할 수 없는 소중한 경험도 쌓았지만, 한편으로는 외로움이나 서러움을 느낄 때가 많았다. 그럴 때는 대부분 혼자 견디거나 친구들에게 기대며 힘든 상황을 이겨나갔다. 그 시절, 할머니가 내 인생에 어떤 식으로든 들어온 건 단 한 번뿐이었다. 학비가 부족해 유학을 접어야 할 위기에 할머니가 돈을 보태준 거다. 가장 힘든 순간에 아빠 역할을 해주었던 할머니 덕분에 무사히 공부를 마칠 수 있게 되었지만, 엄마가 돈을 보내줄 때와 달리 '언젠가는 이 돈을 다 갚아야겠다'라는 생각은 들지 않았다. 할머니가 준 돈을 받는 게 엄마가 힘들게 번 돈을 받는 것보다 훨씬 마음이 편했던 이유가 무엇인지는 지금도 잘 모르겠다.

파리에서의 유학은 니트 디자인 조교 경력을 마지막으로

끝이 났다. '패션 디자인은 적성이 아니었다'라는 허무한 사실만 깨닫고 귀국했을 때, 난 엄마를 고생시킨 만큼 잘해내지 못했다는 사실에 면목이 없었다. 그런데 할머니를 생각하면 조금의 부담도 없었다. 할머니는 내가 실패했든 성공했든 그전과 같은 마음으로 두 팔 벌려 환영해줄 사람이었기 때문이다. 나를 꼭 안고 등을 토닥이며 함박웃음을 짓는 할머니의 모습은 주름이 늘었다는 사실만 다를 뿐, 언제나와 같은 모습이었다. 엄마 앞에서는 유학까지 다녀와서 별다른 성과를 내지 못한 못난 딸이었지만, 할머니 앞에서 나는 여전히 최고의 손녀였다.

귀국해서 한동안은 엄마가 하던 여성복 판매 일을 함께 했다. 엄마가 하는 일에 밥숟가락을 얹는다는 소리를 듣기 싫어서 내 쇼핑몰을 운영해보고 허접한 브랜드를 내보기도 하며 정신없이 바쁘게 보내던 시기였다. 그즈음 할머니의 심혈관에 문제가 생겼다. 병원에서는 간단한 스텐트 시술만 받으면 된다고 했지만 시술 부위가 심장 혈관인 데다 고령이라 혈전이 생길 위험이 있어서 할머니는 며칠간 중환자실에 입원하게 되었다. 나는 그때 성인이 된 후 처음으로 할머니의 존재감을 뼈저리게 느꼈다. 할머니가 집에 없을 때의 그 적막함을 견디기 힘들었다. 내가 귀국한 후에도 장롱 앞에는 단정하게 정돈된 빨래가 놓여 있었고, 저녁 시간이 되면 밥상에는 김이 모락모락 나는 따뜻한 밥이 차려져 있었다. 변함없는 것들의 힘은 무서웠다. 매일 똑같았던 할머니와의 일상을 당연시하다가 할머니에게 변화가 생기자 이제야 그 빈자리가 실감이 났다.

중환자실에서 이런저런 기계를 붙이고 누워 있는 할머니 곁에 서서 심장박동에 따라 울리는 기계음을 듣고 있자니 미안함과 두려움이 한꺼번에 몰려왔다. 병원 로비 구석에서서 한참을 엉엉 울었다. 투정 부리는 나를 두고 숨은 할머니를 찾느라 기저귀 바람으로 울던 그때처럼. 나는 내가 몇 살을 먹어도 할머니의 시계만큼은 멈춰 있을 줄 알았다. 아무리 시간이 지나도 늙거나 병들지 않고 그 모습 그대로 영원히 곁에 있을 줄 알았다. 어리석게도. 고맙다는 말 한마디라도 할 걸 그랬다. 사는 게 바쁘다는 이유로 할머니의 가빠진 호흡마저 알아채지 못했다는 사실에 무거운 죄책감이 밀려왔다.

할머니는 퇴원하고 몇 년이 지나지 않아서 치매를 진단받았다. 할머니에게 더 잘하겠다는 결심이 무색하게, 그 몇 년 사이에 달라진 거라곤 생각나면 애교 한번 부리고, 말

한번 붙이는 게 고작이었는데, 할머니는 나를 기다려주지 않고 급속도로 흐릿해졌다. 할머니가 몇 년 뒤에 치매를 앓게 된다는 사실을 그때 알았다면 뭐가 달라졌을까?

내가 할머니의 빈자리를 느끼고 달라져야겠다고 마음을 먹은 때만 해도 할머니는 지금보다 10년은 젊었다. 그런데 무언가를 함께하기에 나이가 너무 많다고만 생각했다. 훨씬 젊고 건강했던 할머니와 이곳저곳으로 바람도 쐬러 가고 더 많은 이야기를 나눌 수 있었을 시간을 허망하게 놓쳐버렸다. 만약 그 10년을 그렇게 흘려보내지 않았더라면 치매가 우리를 비껴갈 수도 있었을 텐데.

치매로 혼자 할 수 있는 일이 점점 줄어드는 할머니를 돌보며, 할머니의 존재가 절대 당연하지 않았다는 걸 다시금 깨달아가고 있다. 그리고 늘 같은 자리에서 주변을 따뜻하게 지켜주었던 그 존재가 얼마나 소중한지 말할 수 있게 되었다. 변함없는 모습으로 나를 사랑해준 할머니가 그동안 속으로 삼켰을 외로움과 허무함을 떠올려보면, 지금 내가 할머니를 지키는 시간은 조금도 아깝지 않다.

할머니 기억에 나는 여전히 20대 손녀다. 유학을 다녀와서 좀처럼 자리를 잡지 못하고 거듭 실패만 하는 어설픈 손녀. 내가 맛있는 음식을 사주고 용돈 봉투를 줄 때마다 어린아이처럼 순수해진 할머니는 이제야 그 속내를 솔직하게 털어놓는다.

"네가 돈이 어딨냐. 하는 일도 없음서. 너도 돈 모아야 돼야. 나는 신경 쓰지 말어."

나는 할머니가 오랫동안 속으로만 해왔을 걱정을 들을 때마다 제 발이 저려서 가만히 할머니의 머리를 쓰다듬는 것으로 미안한 마음을 표현한다.

기억

09

치매 중기입니다

성격인지 병인지 알 수 없었다. 한숨으로 하루를 마무리하면, 다음 날 또 같은 상황이 벌어졌다. 할머니와 엄마 사이는 더 멀어졌다. 살가운 모녀 사이는 아니었어도 이렇게까지 감정의 골이 깊지는 않았는데…. 둘의 말다툼은 점점 '그러려니' 할 수 있는 단계를 벗어나기에 이르렀다. "미치겠다", "지겹다"라는 말은 엄마의 단골 멘트가 됐고, "내가 죽어야지"는 모녀간의 다툼을 단번에 끝내는 할머니의 히든카드가 됐다. 나름 조정해본답시고 선불리 둘 사이에 끼어들었다가는 본전도 못 찾고 찌부러질 때가 한두 번이 아니었던 터라, 우리 집 냉장고에는 나를 위한 비상용 맥주가

항시 대기 중이었다.

할머니가 이상해졌다는 생각은 했지만 '나이가 들면 아이가 된다'는 말로 불안한 마음을 잠재웠던 것 같다. 매번 이해할 수 없는 주제로 벌어지는 우리 가족의 다툼이 할머니의 치매를 알리는 서막인 줄은 꿈에도 몰랐다. 가장 먼저 나타났던 증상은 엄마와 나의 외출에 집착하는 것이었다. 엄마는 할머니가 여기저기 아프기 시작하면서 외출을 줄였다. 어쩌다 한번 외출해도 저녁 8시 전에는 집에 들어왔다. 많아 봐야 한 달에 두 번 친구를 만나러 나가거나 글쓰기 수업을 받으러 가는 게 전부였는데, 할머니는 엄마의 외출을 곱게 보지 않았다. 엄마가 집에 돌아오면 전쟁은 시작됐다.

"너 어디 갔다 오냐?"

"친구 만나고 왔어."

"그렇게 함부로 살으면 안 된다."

"내가 뭘 함부로 살아?"

"그냥 집에서 얌전히 살어야지, 그렇게 함부로 사람 만나고 댕기면 안 된다, 이 말이여."

하도 자주 봐서 싸움의 패턴이 그려질 정도다. 먼저 할머니의 그 눈빛이 작동된다. '네가 나를 속이려 해도 나는 다 알고 있으니 수작 부리지 마라!'라는 뉘앙스를 풍기는 할머니 특유의 눈빛. 그때의 몸짓은 이렇다. 고개를 비스듬히 꺾은 상태에서 입을 삐죽 내밀고 상대방을 노려본다. 상대가 어떤 대답을 하면 그 말이 끝남과 동시에 비스듬히 꺾었던 고개를 획 돌려 정면을 응시한다. 아니꼬우니 어떤 설명도 듣지 않겠다는 뜻이다. 저녁 7시 반에 들어온 엄마에게 그런 눈빛을 장착하고는 "왜 이렇게 늦게 왔냐", "몸을 함부로 굴리지 마라" 같은 말을 툭 던질 때면 옆에 있던 나까지 머리카락이 쭈뼛 서는 느낌이었다. 엄마는 답답함과 모멸감에 몸을 부르르 떨기까지 했다.

나도 예외는 아니었다. 내가 조금이라도 늦게 들어가는 날이면 할머니는 2층에서 1층으로 이어지는 집의 외부 계단을 기어 내려가서 동네가 떠나가라 소리를 질렀다.

"숙희야! 영롱이한테 얼른 전화해라! 야이 뭔 일 생겼나보다!"

"숙희야! 영롱이 바람났냐? 어디서 뭘 하는디 아직도 안 들어오냐?"

그렇지 않아도 밤이 되면 더 조용해지는 한적한 골목에 할머니 목소리가 쩌렁쩌렁 울려 퍼졌다. 아마 옆집에 사는 사람들은 나를 바람난 여자로 알고 있었을지도 모르겠다. 할머니와 엄마의 실랑이가 한바탕 벌어지고 나면 어김없이 '긴급 귀가 요청' 전화가 왔다. 하는 수없이 집에 들어가면 원망이 가득한 두 사람의 눈빛에 기가 죽어서는 냉장고에 있던 맥주를 벌컥벌컥 들이켜고 잠이 들었다. 20대 때도 없었던 통금 시간이 생겨버리다니.

점차 의심 증상도 나타났다. 엄마와 내가 자신의 돈을 훔쳐 갔다는 의심이었다. 할머니는 며칠에 한 번씩 장롱에 숨겨둔 통장을 꺼냈다. 구부정한 자세로 바닥에 앉아서 통장에 찍힌 숫자들을 한참 들여다보고 나면, 여지없이 거실 소파에 앉아 엄마를 기다리는 순으로 흘렀다. 할머니의 양손에는 통장이 한가득 들려 있었다.

"숙희야, 이리 좀 와봐라."

엄마가 두려운 얼굴을 하고선 할머니 옆에 앉았다.

"이 통장을 찾았는디 이 돈이 다 어디로 갔냐?"

늘 처음은 이렇게 시작했다. '이 통장은 이미 만기가 돼서 이 통장에 있던 돈은 저 통장에 넣은 거고, 그 통장도 만기가 되어 그 돈은 여기에 들어 있는 거'라고. 그런데도 할머니는 의구심을 풀기는커녕 마지막 통장을 설명할 때쯤이면 다시 첫 통장 이야기로 돌아왔다. 한참 설명을 하다 보면 엄마도 헷갈리는 부분이 생겼고, 굳은 얼굴에는 식은땀이 맺혔다. 그러다 할머니의 눈에 '그 눈빛'이 나타나면 엄마는 결국 해명을 포기한 듯 말을 말자며 자리를 떠버렸다.

삼촌의 보훈 급여로도 한바탕 난리가 났다. 할머니가 보훈 급여를 출금하러 다녀오는 길에 쓰러진 적이 있어서, 그 일은 엄마의 몫이 된 지 오래였다. 매번 출금한 돈을 그대로 할머니에게 전해줬지만, 할머니는 그 돈을 어딘가에 숨겨놓고 금세 잊어버렸다.

"숙희야, 이리 와봐라."

엄마가 질린 얼굴을 하고선 할머니 옆에 앉았다.

"재섭이 돈은 언제 나온다?"
"그거 내가 저번에 엄마한테 다 줬잖아."

"언제? 안 줬어~"

미치기 직전이었던 엄마가 장롱 문을 다 열고 이불과 이불 사이, 옷과 옷 사이, 침대 매트리스 밑, 베갯잇 속까지 다 뒤지면 여기저기서 만 원짜리, 5만 원짜리 지폐들이 튀어나왔다. 각 휴지에서 휴지를 뽑듯 이불 사이에서 돈을 착착 뽑아내면 할머니의 얼굴에는 안도의 웃음이 번졌다.

"그 돈이 왜 거기서 나온댜. 내가 죽을 때가 돼서 그러니께 통장이랑 돈은 네가 관리해라. 내가 아무 걱정 안 허고 있을 테니까!"

할머니가 미안하다는 듯 멋쩍은 웃음을 지으며 엄마 손에 통장을 맡기는 것으로 소동은 일단락되는가 싶다가도 다음 날이 되면 또 의심 가득한 얼굴로 엄마를 불렀다.

엄마가 통장 도둑이었다면 나는 장롱 도둑이었다. 얼마나 꼭꼭 숨겨놨는지 다 찾아내지 못해 보훈 급여 액수와 지폐의 총합이 맞지 않을 때면 졸지에 내가 범인이 되었다. 나는 할머니가 돈을 아무리 열심히 숨겨놔도 어떻게든 훔쳐 가는 손녀, 도둑질하고도 할머니 앞에서는 시치미를 뚝

떼는 발칙한 손녀가 되어 있었다.

"영롱아, 할머니 돈 못 봤냐?"
"못 봤는데!"
"내가 삼촌 돈 받은 게 있는디, 그게 없어졌어."
"어디 있겠지~"

'네가 가져간 거 다 알고 있으니 좋은 말로 할 때 갖다 놔라'라고 말하는 그 눈빛을 볼 때마다 미칠 지경이었다. 처음에는 얼굴이 빨개지도록 화를 내기도 했지만, 나중에는 설명하는 것보다 도둑 취급을 받는 게 더 편하게 느껴졌다. 의심 증상은 날로 심해져 이제는 할머니와 눈을 마주치는 것도 조심해야 하는 상황이 됐다. 할머니가 방에서 돈과 통장을 숨길 때 엄마와 나 둘 중 한 사람과 눈이 마주치면 그날은 비상이 걸리는 날이었다. 결국 엄마와 나 사이에는 '할머니 방을 보지 말 것', '할머니가 장롱 문을 여는 소리가 들리면 가까이 가지 말 것'과 같은 무언의 규칙이 생겼다.

의심 증상이 우리의 일상에서 대수롭지 않은 에피소드로 여겨질 때쯤, 매일 소파에 앉아서 바깥을 구경하던 할머니가 엄마에게 이해할 수 없는 말을 했다.

"여기가 춘천이냐 영암이냐?"

"서울이잖아, 엄마."

"내가 여기서 얼마나 살았냐?"

"오래됐지! 엄마 왜 그래?"

"아니, 글쎄… 낯설어서 그려…."

30년 가까이 산 동네를 알아보지 못하는 할머니의 모습에 엄마는 다음 날 바로 진료를 예약했다.

"치매 중기입니다."

알츠하이머성 치매 중기였다.

"할머니가 치매라는 이야기를 들었을 때 기분이 어땠나요? 하늘이 무너지는 것 같았나요?" 다양한 매체와 인터뷰를 하면서 참 자주 받았던 질문이다. 나는 이 질문을 받을 때마다 당황스러웠다. 엄마가 절망스러운 얼굴로 진단 결과를 전할 때 가장 먼저 들었던 생각은 '아, 그렇구나'였기 때문이다. '치매'라는 단어가 주는 충격은 전혀 없었다. 너무 무지했던 나머지 치매를 심각하게 받아들이지 않았던 것이다. 할아버지처럼 시한부 판정을 받은 것도 아니고 우리가 함께 산다는 사실에 변화가 생기는 것도 아니기 때문이었다. 엄마와 내가 좀 더 신경 쓰면 지금처럼 살 수 있을 거라는 속 편한 생각만 했다.

정작 진단 결과를 받아들이기 어려워했던 사람은 할머니였다. 할머니에게 치매는 '사람이 개만도 못해질 정도로 미쳐버리는 병'이었다. 그토록 끔찍한 병이 똑똑하다고 소문난 자신에게 찾아왔다는 건 있을 수 없는 일이었다. 지금도 마찬가지다.

"나는 정직허게 이렇게 살으면 죽을 때까지 치매 안 걸릴 거 같어."

작년 봄, 할머니에게서 이 웃어넘길 수밖에 없는 엉뚱한 말을 들은 이후로 우리는 '치매'라는 단어를 할머니에게 굳이 상기시키지 않으려 하고 있다.

엄마에게 치매는 막막한 병이었다. 어느 날 갑자기 치매 환자의 주 보호자가 된 엄마는 어디서부터 어떻게, 뭘 해야 하는지 도무지 감을 잡지 못했다. '큰일 났다'는 생각만 머릿속에 맴돌았다고 한다. 그런 와중에도 요양원은 단 한 번도 입 밖으로 꺼낸 적이 없었다. 전혀 고려하지 않았던 거다. 여태 같이 살아온 할머니를 집에서 돌본다는 건 우리에게 물음표가 필요 없는 일이었다.

사람들은 치매에 걸린 할머니보다 엄마를 더 걱정했다. 할머니의 소식을 들은 동네 사람들이 얼른 요양원을 알아보라고 아는 체를 하면 엄마는 속이 상해 서둘러 집으로 발걸음을 돌렸다. 할머니의 치매가 현재 어떤 단계인지에 대해서는 논외라는 듯, 치매 노인 타이틀을 받은 순간부터 할머니는 앞으로의 삶에 대한 결정권을 잃은 사람이 되었다.

가장 아찔한 건, 나 역시 할머니가 치매에 걸렸다는 사실을 알게 된 순간부터 할머니에게 자주적인 행동을 기대하지 않았다는 것이다. 나는 치매를 몰라도 너무 몰랐다. 우리는 치매가 사소한 것 하나부터 열까지 엄청난 세심함과 관찰이 요구되는 병이라는 걸 전혀 예상하지 못한 채, 치매 간병의 첫걸음을 내디뎠다.

2장

기억이 사라져도 기억되는 사랑

기억

10

무표정한 거울들

할머니의 치매가 우리의 일상을 하루아침에 바꿔놓은 것은 아니었다. 당장 달라진 것이라고는 할머니가 먹어야 하는 알약이 세 개 더 늘어났다는 사실뿐이었다. 하지만 치매는 우리 집 문턱을 넘어 들어왔을 때처럼 서서히 그 영역을 넓혀가며 우리에게서 웃음을 앗아갔다.

할머니의 치매가 일상생활에까지 침범한 것이 가장 먼저 감지된 곳은 할머니의 약 상자였다. 할머니가 먹던 약은 당뇨약, 심장약, 치매약으로 총 세 종류였는데, 비슷한 개수로 남아 있어야 할 알약의 수가 맞지 않았다. 맞지 않는 정도가 아니라 엉망이었다. 어떤 약통은 꽉 차 있었고 어떤 약통은 텅 비어 있는가 하면 서로 다른 알약이 뒤섞여 있기도 했다. 할머니는 시간 맞춰 약을 먹어야 한다는 사실은 기억했지만, 약의 종류는 잊은 채 손에 닿는 대로 아무 약이나 먹어왔던 거다. 대체 언제부터였을까? 우리는 왜 할머니의 약까지 챙겨야 한다는 걸 생각하지 못했을까? 아찔했다. 숨 쉬는 것처럼 당연했던 일이 할머니에게는 당연하지 않은 일이 되어 있었다. 그날 이후 엄마는 할머니의 입안에 들어가는 알약의 개수까지 확인하며 직접 약을 챙기기 시작했다. 그러자 정상 범위를 한참 벗어났던 할머니의 모든 건강 수치가 다시 안정을 찾았다. 할머니의 일상 속 '당연한' 일들이 점점 엄마와 내 몫이 된 것은 그때부터였다.

할머니의 목욕도 우리 몫이 됐다. 할머니에게서 늘 진동하던 소변 냄새는 제대로 씻지 못해서 나던 것이었다. 그즈음 할머니의 목욕 횟수는 확연히 줄어들었다. 강한 자존심만큼 목소리도 쩌렁쩌렁했던 할머니가 유독 작은 목소리로 "이제는 혼자 목욕하는 게 힘들다"고 털어놨던 날, 우리는 할머니의 그 변화 역시 담담하게 받아들였다. 처음에는 할머니 목욕도 엄마 담당이었다. 나에게 험한 일을 시킬 수 없다는 이유에서였다. 석 달쯤 지났을까? 어느 날은 울고 있는 엄마를, 어느 날은 허리를 다쳐 누워 있는 엄마가 눈에 들어왔다. 그러다 엄마가 계단에서 넘어지는 일까지 발생하자 '우린 괜찮을 거야'라는 태평한 생각이 '내가 돕지 않으면 엄마가 죽을 수도 있겠다'라는 긴박함으로 바뀌었다. 나는 할머니를 돌보는 일에 좀 더 적극적으로 참여하기로 했다.

청소와 목욕, 빨래는 내 담당, 식사와 각종 쓰레기 관리, 생활용품 관리는 엄마 담당으로 대충 역할이 나뉘면서 새로운 변화에 적응해가던 때였다. 할머니의 기저귀 실수가 시작됐다. 할머니는 밤만 되면 기저귀를 벗어 던졌다. 세탁기에 기저귀를 넣어놓는 날도 허다했고, 기저귀를 잊고 바지만 입는 바람에 옷부터 이불, 그리고 방바닥에까지 소변이 묻는 일이 매일 반복됐다. 아침이면 거실 바닥에 떨어져 있는 소변을 닦고 지린내가 진동하는 옷가지를 세탁기에 넣어 돌린 뒤 할머니의 바지를 갈아입히는 일이 어느새 나의 일과가 되었다. 변실금이 생긴 후에는 방에서 대변을 보는 일까지 벌어졌다. 방바닥에 떨어진 설사에 당황한 할머니가 그걸 혼자서 닦아보겠다고 기저귀를 어설프게 휘두르며 이리저리 문대는 바람에 장롱 문, 텔레비전, 벽지까지 설사가 튀었다.

뇌가 망가진 상태에서는 가장 일차적인 생리 현상을 처리하는 일마저도 이렇게 처절한 일이 되는 걸까? 치매를 대수롭지 않게 생각했던 나를 비웃기라도 하듯, 할머니 방 벽지와 패브릭 소파에는 아무리 닦아도 사라지지 않는 대변 자국이 보란 듯이 남았다. 목욕을 시킬 때면 대소변이 바닥으로 뚝뚝 떨어졌다. 나는 할머니를 씻기고 또 씻기고, 목욕 의자의 물 빠짐 구멍 속에 낀 대변을 파내고 또 닦아냈다. 세탁기를 매일같이 돌려도 대소변 묻은 빨래가 줄을 섰으니 정말 미치기 일보 직전이었다. 아… 비위가 약한 나는 그 당시 얼마나 많은 헛구역질을 했는지 모른다.

처음에는 엄마가 잠시라도 여유를 느끼는 것만으로도 기뻤고 할머니의 고맙다는 말만으로도 힘든 게 잊혔다. 그러나 할머니를 돌보는 일이 일상이 되면서부터는 숨 막히는 상자 안에 갇힌 듯한 느낌이 들었다. 그래서 이 궁상맞은 일상을 벗어나고자 대문 밖으로 뛰쳐나가면, 이내 할머니와 엄마가 눈에 밟혔다. 할머니의 주름진 얼굴과 엄마의 지친 얼굴을 애써 뿌리치고 찾은 자극들은 나를 슬쩍 건드리기만 할 뿐 그 어떤 자유도 주지 못했다.

끝이 보이지 않았다. 모두 내 것이었던 24시간은 점점 할머니의 것이 되었다. 한번은 한밤중에 '탁탁탁탁탁탁' 가스레인지 켜는 소리가 들려 주방에 나가보니 그 위에 물이 가득 담긴 스테인리스 샐러드 볼이 올려져 있었다. 막 불이 붙으려던 찰나, 할머니가 멍한 눈으로 나를 보며 말했다.

"뒷물 허려고 물 데우고 있는 거여, 지금."

할머니의 시공간만 보일러가 없던 어린 시절로 돌아가 있었다. 내가 불 올리는 소리를 듣지 못했다면, 할머니가 달궈진 스테인리스 볼을 맨손으로 들어 올리다가 끓는 물에 화상을 입었을 거란 생각에 온몸이 순식간에 차가워졌다. 이 일은 꽤나 충격이었는지 내 잠귀는 그날부로 밝아졌다. 할머니가 화장실 가는 소리, 냉장고 문을 여는 소리에도 잠이 깼다. 할머니에게 일어나는 모든 사고의 책임이 나에게 있다고 느낀 나머지 본능적으로 숙면을 거부하는 것 같았다. 온 신경이 집 안에서 나는 소리에 곤두섰고, 시선은 거실 바닥에 소변 자국이 있는지 살피느라 항상 아래를 향했다.

할머니에게 폭언 증상이 나타났을 때 욕받이는 대부분 엄마였다. 할머니에게 "독사 같은 년!"이라는 말을 들은 날,

엄마는 적잖이 상처받았다.

식사 준비도 만만치 않았다. 입맛이 바뀐 것인지 음식에 대한 인지능력이 떨어진 것인지 엄마가 애써 만든 음식을 그대로 버리는 일이 잦아졌다. 엄마는 할머니가 치매라는 걸 알았어도 막상 이상행동이 나타날 때면 '우리 엄마가 어떻게 이럴 수 있을까?'라는 생각에 괴로워했다. 내가 할머니의 이상행동에 '이건 병이야'라는 경계선을 뚜렷이 갖고 있었던 반면, 엄마는 '치매에 걸린 엄마'와 '우리 엄마' 사이에서 늘 혼란스러워했다. 이런 정신적 피로에 육체적 피로가 더해지며 엄마는 점점 화가 많아졌다. 하지만 할머니를 향해 화를 쏟아내도 나아지는 건 없었다. 엄마는 죄책감에 괴로워하다가 내게 이렇게 말하곤 했다.

"내 인생이 이렇게 끝날 거 같아서 허무해."

엄마의 이 말이 그렇게 싫었다. 속으로 '나도 애쓰고 있는데…'라는 말만 되뇌었다. 여유가 바닥나자 엄마에게 내어줄 온기마저 동이 난 나머지 마음에 날이 선 것이다.

엄마를 짓눌렀던 감정이 허무함과 죄책감이었다면, 나를

무겁게 한 것은 일종의 억울함이었다. 다른 친구들처럼 자유롭게 살지 못해서, 이모들의 역할을 대신하면서도 제대로 된 응원 하나 받지 못하는 것 같아서 억울했다. 이 나이에 통금 시간이 9시인 건 아무리 생각해도 말이 안 됐다. 할머니의 치매 증상으로 인한 육체적 피로감은 견딜 수 있었지만 내가 원할 때 쉴 수 있는, 가장 기본적인 자유가 허락되지 않자 숨이 막혔다.

'할머니를 다 돌보고 나면 엄마를 돌보는 시간도 찾아올 텐데, 결국 어른들만 돌보다가 끝날 내 인생이 더 허무하지 않은가?'

인생이 허무하다는 엄마의 말 앞에서 나는 내 인생과 엄마 인생의 우울함을 저울질하곤 했다.

"엄마는 적어도 나처럼 30대에 할머니 똥오줌 치우면서 살지는 않았잖아."

이 말이 입 밖으로 튀어나오는 날이면 냉전이 시작됐다. 엄마와 나는 지칠 대로 지치고 예민할 대로 예민해졌다. 우리는 둘 중에 누가 더 많은 일을 하고 있는지, 누가 더 스트레스를 받는지를 따지며 다투는 일이 늘었다.

"나는 뭐 노는 줄 알아?"
"그럼 나는? 나는 놀았어?"
"누가 놀았대? 너만 힘드냐고."
"누가 나만 힘들대?"

듣지 않는 서로에게 끝도 의미도 없는 말들을 던져댔다. 그런다고 나아지는 것도 없는데 왜 그렇게 서로 소리를 질러댔는지 모르겠다. 무려 4년 동안 말이다.

할머니는 점점 말이 없어졌다. 치매 환자들은 방금 일어난 일에 대한 기억은 잊어도 그 감정은 남는다고 하던데, 매일 어두운 표정으로 "밥 먹자", "기저귀 갈자", "씻자"라는 말만 하는 우리에게 할머니가 느꼈을 감정은 삭막함뿐이었을 거다.

가끔씩 이어지던 대화도 투박하고 건조하기 이를 데 없었다. 나중에는 그마저도 스트레스가 되어서 그냥 말을 하지 않는 게 스트레스를 줄이는 방법이라는 생각까지 들기도 했다. 귀가 어두운 할머니에게 한마디라도 하려면 옆으로 가서 귀에 대고 말을 해야 하는 데다가 조금 있으면 또 똑같은 질문을 했기 때문이다. 할머니의 말이 점점 백색소음처럼 들리기 시작했다. 나는 할머니와 대화하는 걸 귀찮아했고 할머니는 말없이 방으로 들어가는 내 뒷모습을 멍하니 바라봤다.

치매는 엄마와 나, 그리고 할머니의 얼굴에서 웃음을 앗아갔다. 우리는 셋이지만 마치 거울을 보고 무표정하게 서 있는 한 사람 같았다. 서로의 말을 들어줄 마음도, 온기를 내어줄 여유도 없었기에 함께이지만 홀로였던 채로. 이 4년 동안 우리가 과연 가족이었을까?

아무리 사랑하는 사람일지라도 치매 증상이 심해지면 사랑이라는 감정이 '낯섦' 뒤로 숨어버린다. 우리는 어둡고 긴 터널 한가운데 있었다. 끝이 어딘지 알 수 없다고 징징거리고 너 때문에 넘어졌다고 서로를 질책하며 그곳을 걸었다. 가족이라는 이름으로 한집에 묶여버린 치매 환자와 서투른 간병인 둘, 그 이상도 이하도 아니었던 시간은 한마디로 끔찍했다. 말하기 부끄럽고 인정하기 어렵지만 정말 그랬다.

기억

II

못 먹어도 고!

엄마와 나는 온라인 플랫폼에서 여성복을 판매했다. 온라인 사업의 특성상 충분히 집에서도 운영이 가능했기 때문에 할머니에게 쏟는 시간이 늘어났음에도 우리는 시간을 맞춰가며 계속 일을 할 수 있었다. 하지만 일주일에 두세 번 혼자 거래처에 다녀오는 날에는 엄마나 나나 두 배로 바쁜 하루를 보내야 했다. 업무를 보면서 틈틈이 할머니 빨래와 청소, 식사 준비와 같은 서로가 도맡아서 하던 집안일까지 해야 했기 때문이다. 뭐, 이 정도까지는 적응하고 나니 그리 힘들지 않았지만 여기에 할머니 목욕과 강아지 목욕까지 해야 하는 날이 문제였다.

그날도 거래처에 다녀온 날이었다. 일과 집안일, 강아지 목욕을 마치고 나니 할머니 목욕이 나를 기다리고 있었다. 유독 일이 많았던 날이라 피곤했지만, 해야 할 일을 빨리 끝내야 얼른 쉴 수 있다는 생각에 강아지 털을 말리자마자 할머니를 데리고 욕실로 들어갔다. 할머니는 벽에 설치된 안전 손잡이를 잡고 서 있었고, 나는 엉덩이와 다리를 닦아 주던 중이었다. 갑자기 손이 따뜻해졌다. 할머니가 내 손 위에 소변을 본 것이다. 샤워 타월을 보니 엉덩이를 닦을 때 새어 나왔는지 대변도 묻어 있었다. 평소 같으면 할머니가 무안하지 않도록 얼른 대소변이 묻은 내 손과 샤워 타월을 헹궈 다시 할머니를 닦아줬을 텐데 그날은 달랐다. 이 상황이 견디기 힘들었다. 주체할 수 없이 눈물이 터져 나왔다. 나는 샤워 타월을 내려놓고 소리 내어 엉엉 울었다. 할머니는 그런 나를 보고 깜짝 놀랐는지 눈이 휘둥그레졌다.

"왜 그랴? 아가! 왜 울어?"
"할머니 나 너무 힘들어…."

할머니의 흐릿한 눈에 눈물이 차올랐다. 그날 할머니가 소리 내어 우는 걸 처음 봤다. 할아버지가 돌아가셨을 때도 그렇게 우는 모습을 보지 못했다.

"울지 말어…. 미안혀…, 할무이가 미안혀…."

할머니가 거품 묻은 손으로 엉망이 된 내 얼굴을 연신 쓰다듬으며 말했다. 우리는 한동안 그렇게 울었다.

겨우 할머니 머리를 말려주고 방으로 들어왔는데 기분이 이상했다. 할머니가 목욕하면서 실수한 적이 이번이 처음은 아니었다. 소변이 나올 때도, 대변이 나올 때도, 내가 묵묵히 그것을 씻어낼 때도 벽만 보고 서 있던 할머니였다. 수치심을 느끼지 못하는 것 같아서 오히려 다행이라고 생각할 정도로 할머니는 무심했다. 내가 소변이 떨어진 거실 바닥을 닦고 있을 때도 멍하게 보고만 있었는데…. 그랬던 할머니가 울음 섞인 목소리로 내게 미안함을 전한 것이다.

기억이 남아 있어야 미안함도 느낄 수 있다고 생각했다. 할머니가 앓고 있는 병은 기억을 잃는 병이니 '미안함'이라는 감정은 할머니 사전에서 사라진 지 오래라고 여겼다. 하지만 나는 이번에도 할머니를 오해했다. 할머니는 무감정하지 않았다. 미안한 감정을 느끼기 위해서 반드시 기억이 필요한 것은 아니었다. 사랑이 온전치 않은 기억을 채워서 감정과 연결되는 순간이 분명 있었다. 나는 할머니에게 한없이 미안해져서, 앞으로는 힘듦에 매몰되지 않고 할머니의 감정을 들여다보겠다는 굳은 결심을 다지며 잠이 들었다.

하지만 일상은 또다시 반복됐다. 인간은 망각의 동물이라는 말을 몸소 증명이라도 하듯, 할머니의 눈물은 내 기억에서 허무하게 잊혀버렸다. 그날도 거래처에 다녀와서 바쁘게 집안일을 한 날이었다. 모든 일과를 마치고 내 방 침대에 가만히 누워 있는데 온갖 잡생각이 때를 기다렸다는 듯이 몰려왔다.

'이렇게만 살 수는 없어. 내가 하고 싶은 걸 하려면 아마도 할머니가 돌아가신 후에나 할 수 있을 거야. 할머니가 돌아가시면 뭐부터 할까? 일단 여행을 다녀올 거야. 엄마 눈치 안 보고 그냥 마음껏 여행하다가 돌아올 거야. 그럴 수 있을까? 어디로 갈까? 그때는 또 다른 족쇄가 채워지려나? 어쨌든 할머니가 없으니까 마음은 편할 거야.'

상상은 자유니까 마음껏 흘러가도록 내버려뒀다.

'그런데… 할머니는 언제 돌아가실까?'

생각이 거기서 뚝 멈췄다. 양가적인 감정에도 정도가 있는 법인데, 내가 드디어 미친 걸까? 한껏 작아진 목소리로 미안하다고 말하던 할머니의 떨리는 입술, 물에 젖어도 거칠었던 할머니의 주름진 손이 눈앞에 선명하게 떠올랐다. 그날 내가 한 다짐은 분명 진심이었는데, 그 마음이 이렇게까지 가벼워질 수 있다니 충격적이었다. 무엇보다 나 자신이 싫어졌다. 할머니는 나를 자식보다 소중하게 키워준 사람이었다. 태어난 날부터 지금까지 할머니가 주는 사랑을 숨 쉬듯이 들이마시며 살았는데 나는 고작 4년 고생했다고 할머니가 없는 삶을 꿈꿨다. '괜찮다, 사람이라면 그럴 수 있다' 같은 말로는 섬뜩한 생각이 합리화되지 않았다. 그런 변명을 하면 할수록 슬프게 울던 할머니의 얼굴이 더욱 진해졌다.

이대로는 안 되겠다는 생각이 들었다. 이러다가는 할머니와 내가 함께 살아온 세월과 추억, 더 나아가서 우리 가족이 이제껏 나눠왔던 사랑까지 변질될 것만 같았다. 뭐라도 해야 했다. 어떻게 하면 할머니와 즐겁게 살 수 있을지, 어떻게 하면 끔찍한 생각을 하지 않고 살 수 있을지 가벼운 다짐 이상의 것이 필요했다.

문득 유튜브가 떠올랐다. 유튜브에 할머니와 나의 일상을 영상으로 만들어서 올리면 매주 할머니와 뭘 할지를 고민하게 될 테고, 재미있는 콘텐츠를 만들다 보면 우리에게도 활력이 생길 거 같았다. 나중에 할머니가 보고 싶을 때 언제든 볼 수 있다는 점도 좋았다. 또 구독자가 늘어나서 유튜브 수입이 한 달에 10만 원씩이라도 생긴다면 그것도 나쁘지 않을 것 같았다.

그렇다고 유튜브를 떠올리자마자 시작한 것은 아니었다. 우리 가족의 얼굴이 불특정 다수의 사람에게 공개되는 것이 두렵기도 했고 할머니가 좋아할지도 확실하지 않았다. 게다가 매일 대소변 묻은 빨래를 하고 할머니를 씻기고 청소하는 우리의 일상을 누가 재밌어할지 전혀 그려지지 않았다. 이렇게 사는 사람이 우리만은 아닐 텐데 나라고 뭐 특별할 게 있겠나 싶어 망설이기만 한 지가 한 달. 가장 친한 친구에게 물어보기로 했다.

"소희야, 나 유튜브 할까 봐."
"유튜브? 오오! 너 진짜 잘할 거 같아!"

그녀는 내가 무언가에 도전하고 싶다고 말하면 그게 뭐

든 응원부터 하고 본다. 〈겨울왕국〉 안나에게 올라프가 있다면 내게는 소희가 있었다.

"무슨 주제로?"

"나랑 할머니의 일상을 찍어서 올리면 어떨까?"

"오오! 진짜 좋을 거 같아!"

"그런데 소희야, 사람들은 다들 자기가 잘하는 걸 유튜브에 올리잖아. 그런데 할머니 돌보는 게 '잘하는 일'이 될 수가 있어? 누가 이걸 볼지 모르겠어. 이런 주제로 유튜브를 해서 구독자 천 명 쌓이면 기적 아니냐?"

높은 톤으로 무조건 응원의 말을 던지던 소희의 목소리 톤이 그 말을 듣고는 갑자기 바뀌었다. 그녀는 자신의 확고한 생각을 전할 때면 유독 단호한 목소리를 내곤 했다.

"야, 무슨 말이야. 그거 잘하는 일 맞아. 너처럼 할머니 돌보는 거 아무나 못 하는 거야. 요즘에 누가 할머니한테 그렇게 해. 난다 긴다 하는 사람들한테 며칠 해보라고 해도 못 할걸? 나도 못 해."

"많이들 이렇게 살잖아. 가족끼리의 일인데 이게 잘하는 일이 될 수가 있다고?"

"그럼, 잘하는 일이야. 남들이 못하는 일이자 네가 잘하는 일."

엄마와 함께 치매 할머니를 돌보고 있다고 하면 사람들은 하나같이 '너 참 착하다'라는 말을 했다. 그냥 하는 말인 줄 알았다. 가끔 거래처에 다녀오는 게 내 사회생활의 전부였던지라 솔직히 세상 돌아가는 걸 잘 모르고 살았다. 친구들과도 서로의 할머니 이야기를 나누거나 궁금해하진 않으니 할머니가 아프면 대부분 이렇게 사는 줄 알았다. 소희의 말은 신선하면서도 기분 좋은 충격이었다.

생각해보면 유튜브를 한다고 돈이 드는 것도 아니었다. 핸드폰으로 찍고 편집도 핸드폰으로 하면 됐다. 영상 편집을 배워본 적은 없었지만, 유튜브에 널린 정보로 공부하면서 시작하면 될 것 같았다. 이것저것 따져보니 당장 필요한 건 삼각대 정도! 그날 밤, 나는 쿠팡에서 9,790원짜리 삼각대를 하나 주문했다.

할머니는 화투판에서 이런 말을 자주 했다.

"에라이, 못 먹어도 고다!"

영상 만드는 건 쥐뿔 하나도 모르지만 일단 해보면 알게 되겠지. 할머니가 좋아할지 귀찮아할지 감이 잡히지 않았지만, 나 역시 "에라이, 못 먹어도 고!"다.

기억

12

할머니의 자기소개

막상 할머니와 유튜브를 시작해보려고 하니, 더 깊게 생각해봐야 할 지점이 있었다. 그건 바로, '매일 반복되는 할머니와의 일상에서 내가 어떤 걸 촬영할 수 있을까?' 하는 고민이었다. 처음에는 할머니와 나의 일상을 담아보자는 막연한 생각만 갖고 있었다. 그런데 우리의 하루를 돌아보니 내가 할머니를 위해서 하는 일이라고는 치매 증상이 지나간 자리를 수습하는 것 말고는 없었다. 고민이 깊어졌다. 내가 힘들어하는 모습과 할머니의 멍한 모습을 영상으로 남기고 싶진 않았기 때문이다. 영상을 편집하면서 계속 돌려볼 장면들이 우리의 힘든 모습뿐이라면 그것도 엄청난

스트레스가 될 게 뻔했다. 또 치매 환자와 그 가족들의 안타까운 일상을 담은 다큐멘터리나 영상 자료들은 이미 차고 넘치는데 굳이 우리 할머니의 모습을 보태 치매의 아픈 모습을 알려야 할 이유도, 의무도 없었다. 그리고 할머니에게도 보이고 싶지 않은 모습이 있을 거라는 사실 역시 무시하면 안 되었다.

우리 일상의 힘든 모습을 최대한 배제하려다 보니 무엇을 찍어야 할지, 찍을 수 있을지 더 생각이 복잡해졌다. 결국 나는 오랜 시간 고민한 끝에 '할머니를 어떻게 기억하고 싶은가'에 대한 대답이 되어줄 수 있는 영상을 만들자는 커다란 틀만 정해놓은 채 첫 촬영을 시도해보기로 마음먹었다.

첫 영상의 주제는 정하기 쉬웠다. 처음이니까 할머니의 자기소개가 좋을 거 같았다. 그다음은 계획하지 않았다. 혹시라도 첫 촬영에서 할머니가 불편한 기색을 보인다면 이 새로운 시도는 단칼에 접을 생각이었기 때문이다. 그리고 솔직히 뭘 촬영해야 할지 모르겠기도 했다.

계획된 촬영 날 오후 4시. 다른 치매 환자분들에게도 그런 시간대가 있는지 모르겠지만 우리 집은 대략 오후 4시부터 저녁 8시까지가 다른 시간대에 비해 할머니의 정신이 맑아지는, 평화로운 황금 시간대였다. 그날도 4시가 넘으니 할머니가 거실 소파에 앉아 창문 너머로 골목을 지나다니는 사람들을 구경하고 있었다. 나는 무작정 할머니 앞에 삼각대를 놓았다.

"뭐 헐라 그러냐?"

"할머니 비디오 찍으려고."

"그거 찍어서 뭐 헐라고?"

"그냥 찍어보는 거야."

"허허…."

할머니는 멋쩍은 웃음을 지어 보이곤 다시 창밖을 바라봤다. 나는 어떻게 말을 시작해야 할지 몰라서 촬영 버튼만 누르고 아무 말 없이 할머니를 보고 있었다. 4년간 대화다운 대화를 한 적이 없어서 그런지 어색했다. 한참을 앉아 있던 할머니가 '쟈이는 왜 저기서 저러고 있나' 하는 의아한 눈빛으로 카메라를 힐끔 보더니 말없이 방으로 들어갔다. 첫 영상이 지루한 무성영화처럼 되어버리자 당혹스러웠다. 나는 아무 말도 하지 못하고 주섬주섬 삼각대를 챙겨 방으로 돌아왔다.

잠시 후, 할머니가 화장실에 다녀오는 소리가 들렸다. 이때다 싶어 잽싸게 삼각대를 들고 할머니 방으로 향했다. 이번에는 할머니가 자신의 얼굴을 볼 수 있도록 셀프 카메라 모드로 돌린 후 앞에 놓아주었다. 할머니는 핸드폰 액정에 보이는 자신의 얼굴을 신기한 듯 이리저리 살펴보며 흥미로워했다.

"이게 뭐 허는 거여?"

"할머니 비디오 찍으려고."

"다 늙은 할머니를 뭐 헐라고 찍냐?"

"그냥, 기록을 남기는 거야."

"나중에 할머니 죽으믄 볼라고? 허허…."

할머니가 웃었다. 뭐 하려고 영상을 찍냐는 질문은 좋다는 뜻의 할머니 언어였다. 기억을 잃어가는 중인 할머니는 자신이 다른 사람들에게 영상으로나마 기억될 거라는 사실을 기뻐하고 있었다.

"할머니, 내가 비디오를 만들어서 이런 거 올리는 인터넷 회사에 올릴 거야. 그러면 사람들이 할머니를 볼 거거든. 할머니를 모르는 사람들이 볼 수도 있으니까 우리 자기소

개 한번 해볼까?"

"그려!"

자신감 넘치는 흔쾌한 승낙이었다.

"할머니 이름이 뭐예요?"

"할머니 몇 살이야?"

"할머니 고향이 어디예요?"

흐릿해지는 기억을 붙들기 위해 엄마가 저녁마다 물었던 질문들이다. 할머니는 마치 예습해온 학생처럼 정확하고 씩씩하게 대답하면서 자랑스러운 미소를 지었다.

"할머니는 뭐 하는 걸 제일 좋아해?"

"좋아허는 것도 별루 없어."

"할머니는 누가 제일 좋아?"

"별루 좋아허는 사람도 없어~ 허허."

내 얼굴에 멋쩍고 씁쓸한 웃음이 번졌다. 그간의 생활을 돌이켜보면 그럴 만했다. 할머니가 특별히 좋아하는 게 없어진 데에는 내 잘못도 있는 것 같아서 할머니의 웃음마저

쓰게 느껴졌다.

"할머니, 우리 인사 한번 할까?"

"뭐라고 인사헌댜?"

"어떤 말이든 좋아. 하고 싶은 말을 해봐."

잠시 망설이던 할머니가 핸드폰 액정 속 자신의 모습을 보고 말을 시작했다.

"안녕하세요. 나는 이렇게 오래 살았으니 당신네들도 그냥 되는 대로 살으믄 오래 살아요. 돌아오는 대로 그냥, 그냥 살으믄 된다고요. 슬프믄 슬픈 대로 살고 좋으믄 좋은 대로 살고, 그냥 돌아오는 대로 살으믄 되는 거여."

기다렸다는 듯 하고 싶은 말을 술술 이어 나가는 모습에 내 마음이 울렁거렸다. 할머니는 카메라를 보고 '안녕하세요'라는 인사도 건넬 줄 알았고, 말하고 싶은 걸 물 흐르듯 펼쳐내는 표현력도 그대로 간직하고 있었다. 중간중간 갑자기 주제가 바뀌고 했던 말을 또 하긴 했지만, 할머니에게서 아직 모든 게 사라지지 않았다는 건 분명했다.

순간, 왜 그동안 내가 할머니를 돌보는 일에 최선을 다해도 뿌듯함은커녕 늪에 빠지는 기분을 느낄 수밖에 없었는지 깨달았다. 할머니가 치매를 진단받고 4년이 지나도록 놓치고 있었던 것. 치매 증상들을 할머니의 전부라고 생각해 버린 게 실수였다.

촬영한 영상을 돌려보다 보니 알 수 있었다. 치매는 할머니의 일부일 뿐인데, 나는 치매만 쳐다보다가 '우리 할머니'를 잊고 있었다. 할머니의 정체성과 감정은 내가 보고자 하면 언제든 나올 준비가 되어 있었다. 다만 내 신경이 온통 이상행동과 실수에 몰려 있어서 알아채지 못했던 것이었다. 보려고 하지 않았던 것, 그게 바로 문제였다.

실마리가 보이자 흥미가 생겼다. 만약 할머니에게서 놓치고 있는 게 더 많다면 찾기 위해 노력만 하면 되는 거였다. 우리 가족이 겪은 힘듦의 해결책은 고단한 일상에서 벗어나 자유를 찾는 것이 아니라 시선을 다른 쪽으로 돌리면 되는 간단한 문제일 수도 있었다. 나는 할머니를 치매 환자로 보던 시선을 사랑하는 노병래 할머니 쪽으로 돌려보기로 했다. 할머니를 어떻게 기억하고 싶은지를 고민하고 치매에 가려졌던 할머니의 생생한 모습을 다시 찾아보자는 게 목표로 잡히자 그토록 오래 고민했던 촬영 소재에 대한 걱정도 사라졌다.

저녁 식사가 끝난 후에도 유독 기분이 좋아 보이는 할머니의 모습에 자신감이 붙어서 다시 한번 카메라를 켜봤다. 영상 마지막에 들어갈 작별 인사를 밝게 찍어봐도 좋을 거 같아서였다.

"할머니! 비디오 보는 사람들한테 '또 만나!' 하고 인사해 볼까?"

할머니는 앞니 빠진 틀니가 훤히 보이도록 함박웃음을 지으며 말했다.

"또 만나!"

나는 카메라 뒤편에 서서 함께 웃었다. 내가 사랑하는 노병래 할머니는 아직 거기에 있었다.

"슬프믄 슬픈 대로 살고
좋으믄 좋은 대로 살고,
그냥 돌아오는 대로 살으믄 되는 거여."

기억

13

롱이네 회춘 네일숍

드디어 채널을 오픈했다. 이름은 내 별명을 딴 '롱롱TV'. 시작은 조용했지만 빛과 같은 존재였던 어벤져스 팀이 뒤를 든든하게 받쳐줬다. 엄마와 강아지 산책 모임 아주머니들, 그리고 친구 소희로 구성된 이 팀원들은 몇 개 되지 않는 롱롱TV 영상에 모르는 사람인 척 계속해서 댓글을 달아줬다. 덕분에 구독자 17명이 전부였던 채널은 무플의 고독만큼은 피할 수 있었다. 서투른 실력이지만 영상의 개수도 조금씩 쌓여갔다. 개운하게 목욕하고 날아갈 것 같다고 어깨춤을 추는 할머니, 손녀가 해준 파스타를 맛있게 먹어놓고 칼국수를 먹었다고 말하는 할머니, 손녀의 데이트 룩을 코디

해주는 제법 진지한 할머니의 모습들이 하나씩 늘어갔다.

인상 쓰고 집안일만 하던 내가 조금씩 마음의 문을 열자 할머니는 기다렸다는 듯 서투른 표현을 기쁘게 받아주었다. 우리는 눈이 마주칠 때마다 방긋방긋 웃어댔다. 나는 그동안 웃지 못한 일상을 모두 보상받으려는 사람처럼 매일매일 할머니를 웃게 할 수 있는 것들을 찾아봤다. 앞에 카메라를 놓기만 해도 웃는 할머니의 모습이 좋아서 편집할 계획이 없어도 이것저것을 계속해서 찍었다. 오늘은 뭘 하려나 기대하는 할머니의 얼굴이 어린아이가 소풍 가는 날을 기다리는 표정 같아서 나도, 카메라도 게을러질 수가 없었다.

모든 영상은 기획이라 할 것도 없이 그때그때 생각나는 것들을 큰 주제로 두고, 할머니의 말과 반응에 따라 자연스럽게 흘러가는 우리의 대화를 촬영했다. 꾸밈없는 영상들은 내게도 좋은 영향을 미쳤다. 영상을 편집하는 과정에서 같은 장면만 수십 번 보다 보니 그전에는 보이지 않았던 할머니의 작은 몸짓과 눈빛, 표정 하나하나가 눈에 들어오기 시작했다. 편집은 할머니가 내게 미처 전하지 못한 마음, 일상에서 말로 표현하지 못했던 감정을 이해하게 되는 계기를 마련해주기도 했다. 4년간 묵혀왔던 갈증이 조금씩 해소되는 것 같았다. 나의 일과는 영상 편집까지 더해지면서 더욱 바빠졌지만, 신기하게도 피로감과 갑갑함은 더 이상 나를 짓누르지 않았다. 구독자가 17명이어도 상관없었다. 이 정도의 변화만으로도 살 것 같은 기분이 들어서 영상을 만드는 일이 자랑스럽게 느껴지기까지 했다.

새로운 변화에 우리 가족이 함께 웃기 시작했을 무렵 봄이 찾아왔다. 꽃도 사람도 활짝 피어날 날을 기다리며 들떠 있는데, 무심코 잡은 할머니의 손만 가을이었다. 쭈글쭈글한 표면은 얇고 건조해서 쓰다듬으면 낙엽 만지는 소리가 났다. 문득 할머니 손에도 봄을 불러와야겠다는 생각이 들었다. 이번 콘텐츠 주제는 '롱이네 회춘 네일숍'이다.

"다 늙어서 창피허게 이런 걸 왜 하냐! 남들이 보면 욕혀."

매니큐어와 꽃 스티커, 큐빅을 사다가 보여주자 할머니는 예상대로 손사래를 치며 절대 하지 않겠다고 고집을 부렸다. 나는 예쁜 건 절대 창피한 게 아니라는 말로 할머니를 설득했다. 한참 실랑이를 한 끝에 넌지시 작은 테이블에 매니큐어를 올리고 색깔을 골라보라고 했더니 할머니는 수

줍게 연분홍색을 골랐다. 그리고 내게 한 손을 맡겼다. 네일숍 직원이 된 나는 할머니와 한껏 수다를 떨었다. 젊었을 때 할아버지가 할머니에게 예쁘다는 이야기를 많이 해줬는지, 결혼식은 어디서 했는지, 그때 한복을 입었는지, 축가는 있었는지 등등 그동안 물은 적 없는 질문을 던졌다. 할머니의 대답은 이랬다. 할아버지에게 예쁘다는 소리를 한 번도 들어본 적이 없단다. 결혼식은 집 마당에서 동네 사람들을 모아놓고 고운 한복을 차려입고 치렀다고 했다. 족두리를 쓰고 할아버지와 맞절하는 할머니의 모습은 상상 속에서도 참 예뻤다. 할머니와 마주 앉아서 거친 손톱에 고운 분홍색을 발라주며 듣는 이야기는 따뜻하고 정겨웠다.

때마침 얼마 전에 먼지 쌓인 앨범에서 찾은 59년 전 사진이 생각났다. 할머니의 30대 때 모습이 담겨 있는 사진이었는데, '송별 기념'이라고 적혀 있는 흑백사진 속에 열 명의 여자들이 두 줄로 앉아 있었다. 그 속에서 엄마를 닮은 사람을 찾다 보니 할머니가 보였다. 역시나 강단 있는 우리 할머니는 그때도 센터를 차지하고 있었다. 주름 없는 할머니의 모습은 차분하면서도 조용한 이미지였다. 할머니는 그때 어떤 인생을 살고 있었을까? 꾸밈없이 단정한 머리와 깨끗한 옷매무새가 칼라꽃을 닮았다고 생각했다. 매니큐어를 말리고 그 위에 장식까지 붙이려면 시간이 꽤나 걸릴 것 같아서 할머니에게 그 사진을 건넸다.

할머니의 새로운 모습에 매번 놀라는 나지만, 이번에는 정말 깜짝 놀랐다. 할머니는 59년 전 사진에 있는 사람들이 누구의 부인이었는지, 나이가 할머니보다 적었는지 많았는지, 성격은 어땠는지까지도 낱낱이 기억하고 있었다. 할머니는 신기한 듯 한참 동안 사진을 바라보았다.

"나도 젊었을 때는 괜찮았구먼!"
"이뻐! 지금도 이쁘고, 그때도 예쁘고."
"괜찮았지, 젊었을 때? 땡그랗지도 않고."

할머니 나이가 되면 아름다운 것에 대한 갈망도, 예뻐 보이고 싶은 욕구도 증발할 거라고 생각했는데…. 내 생각은 이번에도 보기 좋게 틀렸다. 93세 할머니가 자신의 젊은 시절 사진을 보며 그래도 괜찮지 않냐고 수줍게 물을 때, 손톱에 뭘 이렇게 더덕더덕 붙이냐고 투덜거리다가도 내가 꽃 스티커를 골라보라고 하면 "이거!" 하고 단번에 집을 때, 그것을 손톱에 붙여주니 "여긴 안 해?"라며 다른 손가락을 내밀 때, 나는 할머니 안에 살고 있는 소녀를 보았다. "붙이지 마!"와 "여긴 안 해?"를 무한 반복하는 변덕의 향연 속에서 할머니의 열 손가락에는 봄꽃이 가득 피었다.

엄마가 손톱을 구경하러 오자 할머니는 겸연쩍었는지 서둘러 변명을 늘어놓았다. 좋은 티를 내지 않으려고 할머니의 말투도 그새 투박해졌다.

"아이고, 야이가 막 붙이라고 지랄해싸서… 내가 이게 뭐냐고 막 그랬어."

하지만 엄마가 너무 예쁘다며 칭찬을 계속하자 할머니는 회심의 미소를 지으며 말했다.

"지가 떨어질 때까지 놔둬야지."

할머니는 그제야 양손을 카메라 앞에 펼치며 손톱을 자랑해 보이기도 하고 두 손을 모아 한쪽 빰에 꽃받침을 하는 소위 공주 포즈까지 취해가며 마음껏 기분을 냈다. 다음 날도, 그다음 날도 영롱이가 손톱을 예쁘게 칠해줬다는 사실은 할머니 기억에서 잊히지 않았다. 침대에 누워서, 화장실 변기에 앉아서 며칠이고 손톱을 쓰다듬던 할머니가 생각난다. 할머니의 첫 네일아트는 정말로 장식이 떨어지고 매니큐어가 벗겨질 때까지 끈질기게 붙어 있었다.

치매로 무채색이 되었다고 생각한 할머니의 내면은 생각보다 훨씬 더 생동감이 넘치는 색을 갖고 있었다. 나는 그 색을 더 선명하게 만들고 싶어서 매일매일 할머니에게 예쁘다는 칭찬을 하기 시작했다.

"할머니는 웃을 때 예뻐."
"할머니는 손이 참 예쁘다."
"할머니는 어쩜 이렇게 얼굴이 갸름해?"

할머니의 반곱슬 머리와 귀여운 볼살, 그리고 뱃살까지, 내가 좋아하는 할머니의 예쁜 모습을 매일같이 일러주었다. 그러자 신기한 변화가 생겼다. "예뻐야 예쁘다 소리를 듣지"라고 대꾸하던 할머니는 점점 자존감이 높아졌다. 이제는 "할머니! 이렇게 예쁜 아흔세 살 할머니 본 적 있어?" 하고 물으면 "없지!"라고 능청스럽게 대답하며 깔깔 웃는다. 목욕하고 나와서 거울을 볼 때면 자신의 볼 한쪽을 쓰다듬으며 "매끄랍네!" 하고 만족감을 드러내기도 한다. 칭찬의 힘은 이뿐만이 아니었다. 할머니의 기저귀 실수도 점차 줄어들었다. 매일 하던 대소변 묻은 빨래가 이틀에 한 번, 삼 일에 한 번이 되더니 두어 달이 지나자 거의 사라졌다고 말할 수 있을 정도가 됐다.

약 4개월 뒤, 뇌신경과 진료를 받으러 갔다가 의사 선생님으로부터 그 이유를 들을 수 있었다. 치매 노인의 자존감과 우울감은 인지능력에 상당한 영향을 미친다고 했다. 자존감이 올라가고 우울감이 낮아지면 그렇지 않을 때보다 인지능력 검사에서 점수가 높게 나온다는 것이었다. 살아갈 이유가 생기는 것도 치매에 많은 도움이 된다고 했다. 실제로 새로운 경험과 웃음은 화도 내보고 애원하다시피 부탁을 해도 고쳐지지 않았던 기저귀 실수를 고쳐주었고, 할머니를 세상에서 가장 예쁜 아흔세 살의 할머니로 바꿔놓았다. 할머니에게 필요했던 것은 곧 기억에서 사라질 경고와 주의가 아니라 사는 걸 재미있게 만들어줄 활력, 자존감을 높여줄 칭찬과 대화, 우울감을 낮춰줄 웃음이었다.

얼마 전 한 잡지사 인터뷰에서 지금까지 내가 공유한 영상 중 가장 기억에 남는 영상이 뭐냐는 질문을 받았다. 나는 조금의 망설임도 없이 다른 영상들 속에 묻혀버린 '롱이네 회춘 네일숍'을 꼽았다. 내가 몰랐던 할머니의 사랑스러운 면을 처음으로 알게 해준 영상이자, 할머니의 증상에 가장 긍정적인 변화를 일으킨 '무한 칭찬'의 비밀이 바로 이 영상에 담겨 있기 때문이다.

나는 이 영상의 마지막 부분도 참 좋아한다. 할머니의 30대 때 사진 위로 윤대녕의 단편소설 「상춘곡」 속 한 문장이 흐르며 끝나는 장면이다.

"당신은 여인이니 부디 어여쁘시기 바랍니다."

정말이다. 나는 할머니가 언제나 어여뻤으면 좋겠다. 할머니 마음에 있는 그 고운 봄이 부디 사라지지 않았으면 좋겠다.

기억

14

우리는 동화에서 튀어나온 사람들이 아니다

유튜브를 시작하고 우리 가족에게는 참 값진 변화가 있었다. 할머니와 엄마, 나의 관계와 우리를 둘러싼 관계가 회복된 것이다. 그리고 그 값진 변화의 중심에는 엄마가 있다. 엄마는 할머니를 잘 안지 못하는 딸이었다. 이유는 아주 간단했다. 엄마가 선명히 기억을 떠올릴 수 있는 시점부터 얼마 전까지 두 사람은 서로 안아본 적이 없었다. 할머니와 내가 마음껏 사랑을 표현하는 동안, 엄마가 망설이며 주변을 서성였던 건 그런 이유에서였을 거다.

그래서 초반에 찍었던 영상에는 엄마가 거의 등장하지

않는다. 불특정 다수의 사람에게 얼굴이 공개되는 걸 부담스러워하기도 했고, 할머니와 웃으며 대화를 나누는 걸 어색해하기도 했기 때문이다. 엄마의 경직된 마음에 균열이 생기기 시작한 건, 여태 몰랐던 할머니의 생생한 표정과 몸짓, 통통 튀는 표현력을 영상을 통해 발견하면서부터였다.

"우리 엄마가 이런 말도 할 줄 아는구나."
"우리 엄마한테도 이런 표정이 있었네."

처음 영상을 만들어 올렸을 때 엄마는 말없이 영상을 보다가도 매번 놀라워했다. 물론 새로운 발견을 마냥 기쁨으로 반겼던 나와는 달리 엄마는 방어적인 태도를 보였다. 60년이 넘는 시간 동안 할머니에게 받은 상처를 풀지 못하고 마음속 깊이 담아두고 있었으니 이해가 안 되는 것도 아니었다. 엄마는 할머니의 변화를 일시적인 변덕으로 여겼다. 지금은 할머니가 촬영하는 걸 즐기고 있으니 좋은 모습이 담겼지만 이것도 익숙해지면 언제든 다시 욕을 하며 화낼 수도 있다는 것이었다.

다행히도 엄마의 경계심은 그리 오래가지 않았다. 매일같이 영상을 편집하는 내가 같은 장면을 계속 돌려보다가 미세하게 움직이는 할머니의 얼굴 주름들과 순간순간 포착되는 눈빛에서 진심을 느꼈던 것처럼, 영상의 조회 수를 올려주기 위해 매일 영상을 돌려보던 엄마 역시 할머니의 작은 움직임 하나하나에서 나와 같은 것을 보았다. 엄마는 곧 알게 되었다. 할머니는 사랑받고 싶어 하며, 사랑받을 때 가장 행복해한다는 걸. 할머니 역시 상처 많은 한 사람이었다는 걸 말이다. 그때부터 엄마의 마음에 연민의 감정이 스몄다.

할머니와 내가 서로 끌어안고 볼에 뽀뽀를 할 때면 멀찌가니 지켜만 보던 엄마가 조금씩 가까워지기 위해 노력하는 게 느껴졌다. 영상을 편집하다 보면 보였다. 할머니에게 일상적인 말만 하고 돌아서던 엄마가 어느 사이엔가 할머니의 은빛 머리를 쓰다듬고, 주름진 볼에 손을 대보기 시작했다. 셋이서 거실 소파에 앉아 있을 때 늘 벌어져 있던 할머니와 엄마 사이의 거리도 조금씩 좁혀졌다.

그 변화가 카메라에 담기는 동안에도 다시 멀어지는 일은 종종 일어났다. 할머니가 괜한 짜증을 내며 노기 어린 눈빛을 보일 때라던가 별안간 할머니 입에서 심한 말이 튀어나오면 엄마는 예전처럼 등을 돌리고 자리를 피하곤 했다. 나는 좁아질 듯 말 듯한 둘 사이의 거리가 다시 벌어질 때마다 속으로 다음을 기약하며 할머니와 함께하는 영상을 만드는 것으로 최선의 응원을 보냈다.

몇 달쯤 지났을까? 엄마가 당혹스러운 표정으로 고개를 갸우뚱거리며 이런 말을 했다.

"영롱아, 엄마가 아까 할머니 목욕시켜드리고 한번 안아 봤거든? 그런데 이상하게 너처럼 잘 안 돼."

엄마도 할머니를 편하게 안아보고 싶었구나. 내 얼굴에 웃음이 번졌다. 그날 이후 할머니를 안아보고는 도망치듯 허둥거리며 방에서 나오는 엄마를 자주 보게 되었다. 엄마의 얼굴은 사뭇 심각해 보였지만, 나는 그 모습이 마치 안 해본 것에 도전해보고 놀란 어린아이 같아서 자꾸만 웃음이 나왔다. 시간이 지날수록 할머니와 엄마의 포옹은 더 이상 노력하지 않아도 가능한 일이 되었다. 그러는 동안 봄꽃이 가득하던 길거리는 어느새 노랗고 붉은 단풍으로 물들었다.

우리 삼대는 가을을 맞이해 처음으로 단풍 구경을 나섰

다. 집에서 가까운 '영휘원'은 엄마가 특히 좋아하는 우리 동네 단풍 명소다. 한적하고 탁 트인 공간에 도착하자 선선한 공기가 더욱 산뜻하게 느껴졌다. 엄마는 입으로 "슈우웅!" 소리를 내며 나무들이 많은 쪽으로 휠체어를 밀어 앞서 나갔다. 두 뺨에 시원한 바람이 스치자 할머니의 눈이 반짝였다. 어느새 저 멀리까지 가서 뒤처진 나를 돌아보며 환하게 웃던 두 사람의 얼굴이 서로 가까워졌다. 할머니의 귀에 대고 무슨 말을 건네려는지, 엄마의 얼굴이 할머니 쪽으로 기울어졌다. 밝게 웃다가도 금세 얼굴에 그림자가 지던 엄마는 더 이상 그곳에 없었다. 서로를 끌어안을 수 없었던 두 사람 사이의 거리는 이제 보이지 않았다. 두 사람의 얼굴은 둘이었다가 곧 하나가 되었다.

우리 셋은 멍하게 앉아 지나가는 사람들을 구경하기도 하고, 할머니 귀에 낙엽을 꽂아주기도 하면서 붉게 물들어 가는 단풍 사이에서 한참 여유로운 시간을 보냈다. 바람이 제법 차가워져 집으로 돌아가기 위해 영휘원을 나서던 길, 늦은 오후의 볕이 사방을 노랗게 물들였다. 엄마가 할머니 귀에 입술을 가까이 대고 말했다.

"엄마, 우리 내일 죽든 모레 죽든 간에 지금 행복하게 살면 돼, 그렇지? 우리 그런 생각만 하자!"

더할 나위 없는 엄마식 사랑 고백이었다. 할머니는 한 손에 단풍잎을 꼭 쥔 채 고개를 끄덕였다. 우리는 나무 그늘 사이로 햇볕이 비추는 그 따뜻한 길을 천천히 걸어 나왔다.

그날 저녁, 엄마가 할머니의 잠자리를 봐주러 할머니 방에 들어갔을 때였다. 침대 옆 간이 소파에 앉아 있던 할머니가 엄마의 허리를 끌어안으며 아이처럼 엉엉 울었다.

"숙희야, 고맙다…. 고마워…. 숙희야, 고마워."
"…나도 고마워."

엄마는 할머니를 꼭 안은 채 머리를 쓰다듬고 굽은 등을 토닥거렸다. 꼭 안은 두 사람의 진심이 서로에게 가닿은 순간, 수십 년 동안 아픈 기억의 수렁에 잠겨 있던 엄마의 발 하나가 드디어 양지바른 땅을 디뎠다.

엄마는 이제 할머니에게 등을 돌리지 않는다. 매일 할머니의 볼을 쓰다듬고, 어린 소녀와 장난하듯 주름진 볼에 자신의 볼을 비비고 이마를 맞대며 웃는다. 할머니의 노한 눈빛과 짜증도 아이의 투정 같은지 "으이그~ 애기 다 됐어" 하며 툭 털어낸다. 하루는 거실에서 할머니와 걷기 운동을 하는 엄마가 이런 구호를 외쳤다. 평소에는 "오리 꽥꽥! 병아리 삐악삐악!", "하나, 둘, 셋, 넷!", "혼잣말을 하지 말자!"와 같은 구호였는데 그날은 달랐다. 엄마가 "엄마, 사랑해!"라고 외치자, 할머니가 "엄마, 사랑해!"라고 큰 목소리로 따라 외쳤다.

할머니의 영상은 우리 삼대뿐 아니라 친척들의 마음도 움직였다. 그간 코로나로 인해 발길이 끊어졌던 친척들이 하나둘씩 할머니와 인사를 나누기 위해 집에 방문했다. 할머니를 돌보는 우리에게 그간 말하지 못했던 고마움을 전하는가 하면 자신이 기억하는 할머니가 얼마나 대단한 사람인지를 전하며 두 손을 꼭 잡아주기도 했다. 가까운 곳에 사는 친척은 지금까지도 할머니 건강에 도움이 되는 음식을 만들어 매번 대문 앞에서 엄마 손에 들려주고 간다.

모처럼 대가족이 모인 할머니 생신날이었다. 예쁜 케이크 앞에서 증손주들이 온갖 춤을 추며 한참 재롱을 떨었다. 이모들은 할머니가 좋아하는 음식을 잔뜩 마련해 푸짐한 생일상을 차려줬다.

"호사방구 꽉 갈긴다!"

할머니가 할 수 있는 최상의 표현이었다. 호사스러운 방구가 나올 정도로 기분이 좋다는 뜻의 그 말을, 우리 가족은 정말 오랜만에 들었다. 투박한 표현이긴 해도 그 자리에 모인 가족 모두가 같은 마음이었을 거다.

행복의 힘은 생각보다 컸다. 우리 모녀가 보호자로서 느끼는 절망과 힘듦을 토로할 때보다 할머니와 함께 깔깔거리며 웃고 있는 지금, 훨씬 더 많은 응원이 쏟아진다. 친척들과 이웃들, 내 채널 영상에 남겨진 수많은 사람들의 응원까지 합해져 요즘 우리 삼대는 평생 받아본 적 없는 감사한 마음들을 받고 있다.

"동화 속에서 튀어나온 사람들 같아요."
"하늘에서 내려온 천사들 같아요."

가끔은 이런 칭찬이 담긴 댓글이 영상에 달리기도 한다. 참 고마운 말이지만, 한편으로는 지지고 볶던 우리 가족의 과거가 생각나서 과분한 말로 느껴진다.

우리 삼대가 지금처럼 웃으며 지낼 수 있게 된 건, 자신의 아픈 상처만 들여다보던 이들이 서로의 상처로 시선을 돌리면서 '저 사람도 얼마나 아팠을까?'를 헤아려보기 시작한 뒤부터였다. 몇 십 년에 걸쳐 생겨버린 상처가 아물기까지 우리에겐 분명 수많은 시행착오와 노력이 필요했다. 그러니 우리 가족은 동화의 한 장면에서 튀어나온 사람도, 하늘에서 내려온 천사도 아니다. 우리는 태어난 김에 만나 서로를 어느새 진심으로 사랑하게 된 가족이자, 함께 성숙해져가는 과정에서 행복을 느끼는 세 명의 여성들이다.

기억

15

온기

봄이 오면 엄마는 동네 아파트 단지에 장이 서는 날마다 꽃모종을 사 온다. 엄마가 꽃 화분 키우는 걸 좋아하기도 하고, 할머니가 베란다에 놓여 있는 꽃들을 보면 활짝 웃어서다. 반면 나는 꽃 심는 걸 좋아하지 않았다. 장에 다녀온 엄마의 핸드 캐리어에 가득 찬 꽃모종들을 보면 피곤이 몰려오며 없던 춘곤증까지 생기곤 했다. 거기엔 나름의 이유가 있는데, 자고로 나는 식물 키우기에 영 소질이 없다. 디자인과 입시를 준비 중이었을 때 내가 가고 싶었던 대학 이름을 따 애지중지 키웠던 식물 '국민이'와 '홍익이'는 곧 시름시름 앓다가 죽어버렸고, 파리 유학 시절에 외로워서 들였던 '희망이'는 일광욕을 시켜주려고 창틀에 내놓은 지 두 시간 만에 행인이 훔쳐 달아나버렸다. 그 후로는 식물에 대한 흥미를 완전히 잃었다. 꽃집에서 배운 대로 물을 줘도, 정을 쏟아도 내가 키우는 식물은 늘 죽거나 황당하게 사라져버렸으니, 꽃을 심는 것보다 화병에 담긴 꽃을 보는 쪽이 훨씬 마음이 편했다. 할머니는 꽃을 좋아했지만 꽃이라면 가리지 않는 엄마와는 달리, 방울토마토나 감나무처럼 열매가 열리는 실용적인 식물이나 천리향, 동백꽃처럼 향이 짙은 식물을 좋아했다. 그런 할머니가 딱히 좋아하지 않았어도 매년 봄만 되면 심었던 게 하나 있다. 바로 봉선화다. 내가 손톱에 봉선화 물들이는 걸 좋아한다는 이유로 손이 큰 할머니는 마당 한쪽에 봉선화 화분을 대여섯 개씩 키우곤 했다. 봉선화는 꽃에 대한 취향이 다른 우리가 유일하게 같은 추억을 가진 꽃이다.

작년 봄이었다. 오랜만에 꽃을 사러 나가는 엄마의 뒤를 따라나섰다. 아파트 장터에는 꽃 장수 아저씨가 이미 모종들을 잔뜩 펼쳐놓고 있었다. 봄이면 꽃을 팔고, 여름이면 방충망을 파는 사장님은 오후가 되면 '이거 샀으니 저거 하나 더 달라', '비싸니 깎아달라'는 손님들의 성화에 지쳐 플라스틱 의자에 멍하니 앉아서 그쪽을 보지도 않고 "가져가요, 가져가"라고 말해버리는 사랑스러운 사람이었다. 그런 사장님에게 엄마는 조용한 성격에다가 한번에 많이 사 가는데도 또 사러 오는, VVIP 고객이었다.

봄소식에 모종을 사러 온 손님들로 제법 붐비는 그 틈에서 엄마는 상태 좋은 라벤더, 히아신스, 이름 모를 노란 꽃과 뾰족하게 생긴 빨간 꽃을 골랐다. 어느새 핸드 캐리어를 채우고도 남을 만큼의 화분들이 멀뚱히 서 있는 내 앞에 놓여졌다. 그에 비례해 피곤함도 스멀스멀 몰려왔다. 앞으로 엄마는 이 맘씨 좋은 사장님이 방충망을 팔기 시작할 때까지 모종을 몇 번이고 더 사 올 터였다. 그리고 보나마나 올해도 분갈이를 도와달라는 말을 이렇게 저렇게 돌려 말하는 엄마와 그게 너무 귀찮은 나 사이에서 불꽃 튀는 신경전이 반복되리라는 건 안 봐도 비디오였다. 아주 잠깐 '사장님이 얼른 방충망을 팔아야지 이 성가심이 끝나지. 엄마는 왜 혼자 감당도 못 할 거면서 자꾸 꽃을 사는 거야. 올해는 모르는 척해버려?' 했다가 우리 집에 뿌리 내릴 꽃을 보며 화사하게 웃을 엄마의 얼굴이 떠올라, 내 앙큼한 반란 계획을 접고 만다.

우리는 겨울의 쓸쓸한 흔적이 남아 있는 집 마당에 생기가득한 꽃들을 내려놓고 여기저기 굴러다니는 화분을 한데 모았다. 그리고 새로 사 온 흙 포대를 뜯어 분갈이를 시작했다. 이제 모종의 뿌리 부분을 잡고 살살 흔들어 조심스럽게 화분과 분리한 뒤, 양질의 흙과 함께 더 넓은 화분에 다시 심어주면 된다.

"잘 살아라잉! 너의 새집이다."

엄마가 모종을 새 화분으로 옮겨 심으며 말했다. 지극히 엄마다운 표현이라 웃음이 났다. 소녀 같은 면을 간직한 사람은 늙지 않는다던데 정말 그랬다. 환갑이 넘은 나이에도 엄마에겐 때 묻지 않은 순수한 면이 늘 반짝였다. 가끔은 세대 차이가 느껴지지 않을 정도였다. 나는 그런 엄마를 내내 자랑스러워했던 딸이었다. 할머니가 치매 진단을 받기 전까지 말이다.

한동안 우리 가족이 할머니의 치매로 힘든 시간을 보내고 있을 때, 엄마는 강아지 산책 중에 마주친 이웃 할아버지 이야기를 종종 했다. 손톱이 길고 엉망이라 영 마음에 걸린다는 이야기였다. 그러던 어느 날 엄마는 아예 산책 가방에 손톱깎이를 챙겨 넣고 강아지와 집을 나섰다. 한참 뒤

집에 돌아온 엄마가 이렇게 말했다.

"나이 들어 손에 힘이 빠지면 손톱 깎는 것도 쉽지 않은데, 혼자 계신다고 해서 내가 오늘 그 할아버지한테 1시까지 나오시라고 했어. 손톱을 깎아드렸더니 할아버지가 계속 허리를 굽히면서 고맙다고, 고맙다고 그러는 거야. 얼마나 짠했는지 몰라."

나는 그게 정이 많아 어려운 사람을 지나치지 못하는 엄마의 아름다운 면인 줄 알면서도 불쑥 화가 났다. 왜 내가 힘든 것은 보지 못하고 남의 긴 손톱에 발 벗고 나서는지, 화가 날 일이 아닌데 화가 치밀어 모진 말을 잔뜩 퍼부었다.

"누군지도 모르는 할아버지 손톱 신경 쓰지 말고 할머니한테 짜증이나 내지 마!"

발악하듯 쏟아내는 말을 듣던 엄마의 놀란 눈이 슬픈 눈으로 변하는 걸 보고, 지독하게 밀려오는 후회에 고개를 들 수 없었다. 내 절망을 어쩌지 못해 엄마의 순수한 마음마저 위선으로 몰아가며 상처를 줬다는 걸 나는 그때도 잘 알고 있었다. 그 후 지금까지도 엄마와 그 일에 대해서는 얘기를 나눈 적이 없다. 그 말에 상처받아 엄마의 고운 면이 사라졌을까 봐 무서웠고, 다시 말을 꺼낼 수 없을 정도로 미안했기 때문이기도 했다.

새집에서 잘 살라고 어린 식물을 응원하는 엄마의 모습이 반가웠던 건 그래서였다. 나는 엄마의 소녀 같은 모습을 잊지 않으려고 그 순간을 눈에 가득 담았다. 어느새 꽃들이 각자의 집에 모두 자리를 잡았다. 우리는 골목을 지나는 사람들과 집 안에서 창밖을 바라볼 할머니에게 잘 보이도록 화분을 놓아둔 후, 한껏 어깨를 펴고 마당을 둘러보며 뿌듯하다는듯 흙 묻은 장갑을 탁탁 털었다.

계속 낮잠을 자던 할머니는 오후 3시가 되어서야 일어났다. 나는 할머니에게 미리 준비해두었던 봉선화 심기 키트를 건넸다. 한여름 밤, 작은 내 손톱 위에 으깬 꽃잎을 얹어 하나하나 실로 묶어주었던 할머니와 나의 추억이 가득한 꽃. 이번에는 내가 할머니에게 그걸 해주고 싶었다. 지금 심으면 몇 달 뒤에 할머니 손에 고운 물을 들여줄 수 있을 거다.

화분과 씨앗, 흙과 이름표를 건네자 할머니는 흥미를 보였다. 씨앗을 심고 흙을 만지고 물을 주는 과정이 재미있었는지 할머니는 한 단계, 한 단계를 완수할 때마다 체험 학습 온 아이처럼 기뻐했다. 화분에 이름을 붙이는 데 트라우마가 생긴 나지만, 이번만큼은 이름표도 달아보기로 했다.

"할머니, 우리 이름 지어주자!"

"뭐라고 지어야 돼?"

"얘는 병래!"

"야이는?"

"영롱이"

"야이는?"

"숙희!"

"야이는?"

화분이 네 갠데 우리 삼대의 이름은 다 나와서 고민하던 찰나, 할머니가 외쳤다.

"선희!"

할머니의 영원한 막내딸, 막내이모의 이름이었다. 나는 할머니에게 글씨를 써달라고 부탁해봤다.

"싫어! 나 글씨 안 써봐서 못 써."

글씨 쓰는 걸 부끄러워하는 할머니는 한사코 거절했다. 나는 할머니가 따라 쓸 수 있도록 다른 종이에 먼저 이름을 적어주었고, 할머니 글씨가 정말 예쁘다고 칭찬 작전을 펼쳤다. 칭찬에 약한 할머니는 못 이기는 척 매직펜을 잡더니 이름표에 한 글자씩 천천히 글씨를 쓰기 시작했다. 점점 자신감이 붙어 이름표 네 개를 완성한 할머니가 사랑하는 이름들을 천천히 읽었다.

"숙희…, 병래…, 영롱…, 선희!"

서툴러도 세상에서 제일 예쁜 이름표였다. 우리는 각 화분에 이름표를 꽂고 하트를 그린 스티커도 붙이며 작은 봉선화 가족을 완성했다.

우리 삼대는 저녁을 먹고 다 같이 현관 앞으로 나왔다.

"아주 이쁘게 해놨구먼!"

할머니는 엄마와 내가 열심히 심어놓은 꽃들을 보며 잠

시 감탄하다가 이내 이웃집에 활짝 핀 목련꽃에 시선을 빼겨버렸다.

"저 집 목련꽃 땜에 우리 집은 뵈지도 않는구먼!"

이웃집 목련은 동네에서 예쁘기로 유명했으니 속 모르는 할머니 말도 틀린 말은 아니었다. 하지만 '꽃부심'이 대단한 엄마는 칭찬이 목련에게 돌아가 섭섭했는지 한마디하려다가 부글거리는 속을 잠재우며 집으로 들어가버렸다.

밖에는 할머니와 나, 둘만 남았다. 우리는 엄마가 새로 사 온 꽃들이 잘 보이는 베란다 벤치에 앉았다. 해가 뉘엿뉘엿 지는 시간이 되면 우리 집에 햇볕이 한가득 들어오는데, 할머니와 내 얼굴에도 봄기운이 도는 따뜻한 빛이 닿기 시작했다. 나는 향 좋은 꽃을 좋아하는 할머니를 위해 히아신스를 코 밑에 대주기도 하고 꽃이 가장 많이 핀 화분을 가져다 보여주기도 했다.

우리가 함께 심은 봉선화 화분들은 할머니의 기억에서 그새 사라졌다. 이름표가 꽂힌 채 아무 꽃도 피어 있지 않은 네 개의 화분들이 눈에 들어올 때마다 할머니는 이게 뭐냐고 물었고, 내 설명보다 이름표가 더 재미있는 듯 우리 가족의 이름을 소리 내어 읽으며 매번 웃었다.

우리는 한동안 서로 기댄 채 말없이 앉아 골목을 지나다니는 사람들을 구경했다. 아이의 손을 붙잡고 천천히 걸어가는 여자, 서류 가방을 들고 바쁘게 통화하며 잰걸음으로 사라지는 남자, 교복을 입고 뛰어가는 아이들, 동네 중국집의 익숙한 배달 오토바이 등등…. 사람들은 각자의 속도로 저마다의 목적지를 향해 가고 있었다. 할머니 어깨에 머리를 기대고 익숙한 풍경을 지켜보는데 우리만 조용한 세상 속에 있는 것처럼 고요하다는 생각이 들었다. 치매 간병이 시작된 이래로 처음 느껴보는 온전한 편안함이었다. 할머니와 나란히 앉아 있는 순간에 스며든 이 순한 행복은 생소하면서도 충만했다.

생각해보면 할머니는 늘 따뜻한 온기로 내 주변이 차가워지지 않도록 지켜주던 사람이었다. 언제나 내 뒷모습을 그저 조용히 바라봤고, 외출하는 날이면 소파에 앉아 하염없이 나를 기다렸다. 내가 할머니 곁에서 작은 애정 표현이라도 하는 날이면 세상에서 제일 기쁜 사람의 얼굴을 하고 나를 쓰다듬었다. 원하든 원하지 않든 내 주변을 서성이던 할머니에게서 퍼진 온기는 나도 모르는 사이에 차가웠던 나를 조금씩 변화시켰다. 나는 할머니를 통해 한 사람의 주변이 차가워지지 않도록 자신의 온기를 내어주는 것, 서로 가장 편안한 모습으로 가만히 기대 있는 것만으로도 충분한 것이 사랑이라는 걸 배웠다.

모종은 새집에서 몸살을 앓듯 잠시 시들했다가 며칠이 지나자 뿌리를 마음껏 뻗으며 더욱 싱싱하고 환한 꽃들을 피웠다. 나 역시 지난 시간 동안 꽃들이 앓는 성장통을 앓았나 보다. 뿌리를 뻗고 우리 가족이 주는 온기를 감사하게 받아들일 수 있게 된 후부터 나는 내 인생에서 가장 아름다운 꽃이 피는 시기를 보내고 있다. 우리 집 마당에 봄이 들어오던 날, 나에게도 자연스럽게 봄이 찾아온 모양이다. 살아 있는 모든 생명은 다들 비슷한 과정을 겪으며 성장하니 누구에게나 따뜻한 봄은 오리라 믿는다.

기억

16

소울 푸드

우리 가족은 대대로 요리를 못하는 집안이다. 화통하고 고집 센 할머니의 요리는 주인을 닮아서 무척 짜거나, 며칠 동안 입에서 마늘 냄새가 날 정도로 향이 세고, 조미료 맛이 강했다. 그 와중에 손도 컸다. 어떤 음식이든 양을 적게 만드는 건, 인색함을 죄로 여기던 할머니에겐 용납할 수 없는 일이었다. 한번은 명절 때 할머니가 커다란 밥솥 하나를 채우고도 남을 양의 식혜를 만든 적이 있다. 회색빛이 돌면서 걸쭉하고 텁텁한 맛이 나는 식혜였다. 우리가 흔히 아는 뽀얗고 달콤한 그것이 아니었다. 결국 아무도 찾지 않은 그 잿빛 식혜는 처음 모습 그대로 "옘병!"이라는 말과 함께 하수구행 신세가 됐다. 그 후로 우리 집 식탁에 식혜가 등장하는 일은 없었다.

엄마도 마찬가지였다. 창의력이 뛰어나 엉뚱하기까지 한 엄마의 성격이 하필 요리 분야에서 빛을 발할 때면 나는 무척 곤란해지곤 했다. 대충 이런 식이었다. "영롱아, 멸치볶음에 바나나를 같이 넣고 볶아 먹으면 맛있을 것 같지 않니?" 농담이라고 하기에는 진지한 표정이었다. 나는 아연실색해 귀를 의심할 수밖에 없었다.

사실 나도 요리 실력에 대해 왈가왈부할 처지는 아니다. 작은 디테일에 목숨 거는 집요한 성미는 요리할 때만큼은 치명적인 단점이 되었다. 수프 하나를 만들더라도 사진에 나와 있는 대로 파슬리 가루까지 뿌려야 직성이 풀리다 보니, 요리 하나를 만드는 데 두세 시간은 기본이었다. 전적으로 레시피에 의존하는 탓에 요리하랴, 레시피 보랴 정신없이 종횡무진하다 보면 주방은 어느새 전쟁터가 되었고, 눈 밑에는 어김없이 다크서클이 내려앉았다. 그렇게 요리를 완성하고 나면 이미 잔뜩 질려버린 후라 맛도 모르겠고, 레시피도 기억에서 말끔하게 지워졌다.

그런 우리 가족에게도 물론 추억의 요리는 있다. 비 오는 날이면 할머니가 끓여주던 육개장, 봄과 가을이면 단골로 밥상에 등장했던 게장, 눈 오는 날에 먹었던 굴 나박김치…. 맛의 기복이 심했던 다른 요리들과는 달리 푹 끓이거나 손으로 슥슥 무쳐서 내는 이 음식들은 언제 먹어도 밥도둑이었다.

나는 한동안 그 음식들을 이제는 먹을 수 없게 되었다고 생각했다. 치매라는 단어가 할머니에게 붙은 후로 나는 왜 기억과 관련된 모든 일을 더 이상 할 수 없을 거라고 단정해버렸던 걸까? 할머니가 내 생각보다 많은 기억을 간직하고 있다는 걸 알게 되면서 나는 추억의 요리를 직접 배워보기로 마음먹었다.

육개장은 아쉽게도 실패였다. 할머니도 나도 소금을 넣는 걸 잊어서 그랬는지, 아니면 어떤 비법 양념이 빠졌던 건지 막 장마철이 시작되던 때면 먹었던 옛날의 그 맛이 나지 않았다. 하지만 추운 겨울날에 도전했던 굴 나박김치는 성공적이었다.

어떤 기억은 기억력과 무관하게 몸에 배어버리기라도 하

는 걸까? 할머니는 했던 얘기를 계속 반복하면서도 어떤 재료가 필요한지, 각 재료는 어떻게 손질해야 하는지, 양념은 얼마나 넣어야 하는지를 완벽하게 일러주었다.

"무부텀 씻쳐!"

육개장을 만들 때와는 다르게 시작부터 짧고 정확한 지령을 내려주던 할머니는 안심이 안 됐는지 큰일을 보는 중에도 내가 무를 잘 써는지 못 써는지 화장실 문 너머로 감시했다.

"거기를 그렇게 썰어. 아니! 거기 좀 더 위에!"

화장실에서 나가야 한다는 사실도 잊은 채 나박김치에 들어갈 무의 두께와 모양이 어긋날 때면 원격으로 지시를 내렸다. 무를 얼마나 절여야 하냐는 내 질문에는 "뭐 절이고 뭣 혀! 막 무치지 뭐"라면서 오랜 내공에서 나오는 화끈한 결정을 선보였다. 그리고 대파를 넣지 않으면 시원한 맛을 낼 수 없다는 꿀팁까지 알려주었다.

할머니의 계량 단위는 대부분 손가락 마디였다. 파는 손가락 한 마디 정도로 썰고, 소금은 손가락 둘째 마디 정도까지 채워지는 양을 넣고…. 복잡할 것 없이 "요맨치!"라는 마법의 단어 하나로 척척 진행되는 요리라니! 레시피를 절대 기억하지 못하는 나는 지금까지도 나박김치에 들어갔던 양념 각각의 "요맨치!"들이 얼마만큼의 양이었는지를 바로 떠올릴 수 있다.

할머니는 흐릿하면서도 선명했다. 내가 "방금 소금 넣었어"와 같은 말로 순간적인 깜빡임만 바로잡아주면 얼마든지 자신의 전매특허 요리를 능숙하게 가르쳐줄 수 있었던 거다. 가족을 먹이느라 하도 오랫동안 해왔기에 손이 아는 기억. 할머니에게 굴 나박김치는 그런 것이었다.

마지막으로 굴까지 넣고 모든 재료를 함께 무치고 나니 할머니와 처음으로 함께 담근 나박김치가 완성됐다. 나는 무 한 조각에 굴을 올려 얼른 할머니 입에 넣어주고는 반응을 살폈다.

"그때 양념 냄새가 그대로 나는데! 아유, 맛있다!"

나도 한 입 먹어봤다. 바다 향이 나는 부드러운 굴과 아삭하게 씹히는 무, 할머니표 양념이 어우러진 그 맛은 정말 완벽했다. 20대 초반, 추운 겨울날에 아르바이트하러 나가기 전 밥과 함께 급히 비벼 먹었던 정겨운 겨울 맛이었다.

엄마에게도 굴 나박김치는 특별한 음식이었다. 엄마가 태백에서 교사로 일하던 때, 할머니는 커다란 김치통 두 개에 엄마가 좋아하던 나박김치를 한가득 담아 그곳까지 들고 왔었다고 한다. 어찌나 양이 많은지 매일 먹어도 줄어들지를 않아서, 결국엔 반은 쉬어서 버렸었다고. 할머니는 타지에서 혼자 사는 엄마가 안쓰러워 좋아하던 음식을 한가득 챙겨준 거였다지만, 사실 거기엔 더 많은 사연이 있었다.

엄마가 미술 교사가 될 수 있었던 건 할머니 덕분이었다. 엄마의 대학 진학을 반기는 사람은 없었다. 할아버지와 할머니는 빠듯한 살림에 엄마까지 대학에 보낼 수 없다며 극심하게 반대했다. 그런 가족들을 재섭이 삼촌이 어렵게 설득한 끝에 결국 할머니가 엄마의 등록금 12만 원을 마련해 주었다. 그런데 늦게 찾아온 사춘기가 문제였다. 방황하던 엄마는 무작정 떠난 강릉 여행에서 한 달 만에 그 돈을 다 써버리고 돌아왔고, 집에서 쫓겨날 일만 남았다고 생각하던 때였다. 그런 엄마를 붙잡아준 사람은 다름 아닌 자신을 사랑하지 않는 줄 알았던 할머니였다.

“저년 쫓아내!”

“지랄 마! 그러믄 사람이 망가져서 안 돼야!”

길길이 날뛰는 가족들로부터 할머니는 엄마를 감싸주며 다시 등록금을 마련해주었다. 엄마는 그 덕분에 학업을 마치고 미술 교사가 될 수 있었다. 그래서 월급을 받거나 보너스를 타면 꼬박꼬박 할머니, 할아버지에게 선물을 사주고, 두툼한 용돈 봉투도 손에 쥐어주었다고 한다. 아마도 할머니는 그게 고마워서인지, 미안해서인지 그때부터 엄마가 좋아하는 나박김치를 커다란 김치통 두 개가 꽉 차도록 담아 태백까지 들고 온 게 아닌가 싶다.

저녁을 먹으며 한참 동안 옛 추억을 얘기하던 엄마가 할머니에게 말했다.

“진짜 맛있게 먹었어. 고마워, 엄마.”

할머니는 구수한 웃음을 지으며 고개를 끄덕였다. 사람들에게는 어떤 추억의 음식이 있을까? 나는 문득 궁금해져서 영상 마지막 부분에 "여러분의 소울 푸드는 무엇인가요?"라는 질문을 넣었다. 많은 댓글 중 나는 이 답변이 가장 마음에 남았다.

"완전, 완전 푹 삶은 안성탕면이요. 할머니가 그렇게 끓여서 김치랑 주셨거든요. 그땐 그 푹 삶은 라면이 싫었어요. '왜 맨날 이렇게 푹 삶지?' 했는데 지금은 아무리 푹 끓여도 그 맛이 안 나는 것 같아요. 그립네요…."

명절날 할머니의 컨디션이 좋지 않아서 혼자 만들었던 굴 나박김치의 맛도 그랬다. 할머니에게 배운 그대로였는데 이상하게도 그 맛이 나지 않았다. 한참 간을 맞추려고 애를 쓰던 나는, '손맛'이라는 단어가 생각났다. 맛있게 만들어주고픈 마음과 정이 들어 있어서 그 어떤 조미료와 고급 재료로도 흉내 낼 수 없는 귀한 손맛. 그 특별한 맛이 할머니표 나박김치와 푹 끓인 안성탕면의 비법이었을 것이다.

특별한 날 고급 레스토랑에서 먹었던 음식보다 기억에 오래 남는 건, 눈이 오는 날이면 더 맛있었던 나박김치, 사위들이 극찬한 육개장, 식탁에 올라왔다 하면 식구들이 밥을 비벼 먹느라 정신없었던 게장처럼 사랑하는 사람이 만

들어준, 그와 함께 나누었던 추억의 음식일 것이다. 푹 끓인 안성탕면이 남들에겐 별거 아닐 테지만, 누군가에게는 할머니를 추억할 수 있기에 특별한 음식인 것처럼 말이다.

먼 훗날 할머니 없이 혼자 만든 나박김치 맛은 분명 할머니를 생각나게 할 거다. 그러면 나는 나의 사랑하는 할머니를 마음껏 그리워하고 추억해야지.

기억

17

크리스마스의 추억

소싯적 크리스마스 즈음이면 나 역시 산타 할아버지를 기다리던 아이였다. 초등학교 2학년 때 산타 따위는 없다는 친구들의 말을 듣기 전까지는 그랬다. 그해 크리스마스이브, 산타로 추정되는 우리 집 어른들을 유심히 관찰해보기로 했다. 저녁이 되자 움직임이 시작됐다. 엄마가 지갑을 들고 조용히 밖으로 나갔다. 터질 듯한 심장을 부여잡고 숨죽여 엄마 뒤를 밟았다. 그때였다. 동네 시장 입구에 있던 '혜진 문방구'에 들어선 엄마가 내가 점찍어둔 양초를 사서 나오는 게 아닌가. 그 양초는 다음 날 내 머리맡에 놓여 있었다. 세상에! 놀란 나는 입을 꽉 틀어막은 채 그 누구에게도 내가 이 사실을 알고 있다는 것을 발설하지 않았다.

이 암묵적 비밀을 깬 건 도리어 엄마였다. 6학년이 되어서도 시치미를 뚝 떼며 선물을 받자 엄마가 "야, 김영롱! 너 다 알잖아!" 하고 산타 은퇴 선언을 했다. 참고로 엄마는 지금까지도 아홉 살 영롱이의 앙큼한 미행을 모르고 있는데, 이곳에서 처음으로 고백하려 한다. 엄마, 나 사실 2학년 때부터 알고 있었어.

어느덧 내가 젊은 산타가 되어 엄마와 할머니의 선물을 사기 시작하면서부터 나는 단 한 번도 집에서 크리스마스를 보낸 적이 없었다. 엄마와 할머니에게 선물을 급히 건네주고는 남자친구와 미리 계획해뒀던 특별한 데이트를 하거나 친구들과 함께 화려하게 빛나는 길거리를 마음껏 즐기며 돌아다녔다. 할머니가 치매를 진단받은 후에도 마찬가지였다. 크리스마스만큼은 나도 바깥 공기를 마셔야겠다는 사명감 하나로 어떻게든 밖으로 나갔다가 밤 9시가 되기 전에 할머니가 기다리고 있는 집으로 터덜터덜 돌아오곤 했다.

그런데 작년은 좀 달랐다. 크리스마스 시즌이 시작되기 약 두 달 전에 할머니가 신우요관암을 진단받은 것이다. 할머니에게 얼만큼의 시간이 남았는지도 모르는데 빛나는 길거리가 다 무슨 소용인가. 나는 예약해두었던 여행을 취소하고 할머니 인생에서 가장 행복하고 특별한 크리스마스를 만들어보기로 했다.

할머니는 그동안 크리스마스를 어떻게 보냈을까? 어려웠던 지난 시절에 한번이라도 선물을 받은 적이 있었을까? 무뚝뚝한 할아버지가 챙겼을 리도 없었다. 게다가 할머니는 내심 산타 할아버지를 탐탁찮게 여기고 있기도 했다.

"별루 고맙지 않아. 자기 유명해지기 위해서 댕기는 사람이여, 그 사람이."

나는 할머니에게 알려주고 싶었다. 인기를 얻기 위해 선물을 나눠주는 산타가 아닌 할머니만을 위해서 선물 보따리를 들고 집에 오는 산타도 있다는 걸 말이다. 크리스마스트리도 마찬가지였다. 그간 할머니에게 트리란 연말이면 텔레비전에 어김없이 등장해 쓸데없는 소비를 부추기는 사치스러운 장식일 뿐이었다. 한껏 순수해진 지금의 할머니는 어떤 반응일까? 나는 불 켜진 트리가 얼마나 예쁜지 가까이서 보여주고 싶었다.

접혀진 트리를 박스에서 꺼내 가지를 풍성하게 펼치자 할머니가 들뜬 목소리로 말했다. "아이고~ 나 이런 거 처음 봐!" 1차 합격이다. 이제 할머니가 넘어올 수밖에 없는 비장의 무기가 필요했다. 화투를 좋아하는 할머니를 위해 서랍 속에 있던 짝이 맞지 않는 화투장을 펀칭기로 뚫어서 트리를 장식했다. 함께 찍은 즉석 사진, 할머니가 예쁘다고 했던 레이스 리본도 달고 트리를 반짝여줄 대망의 미니 전구도 빈틈없이 걸었다.

"하나, 둘, 셋!"

트리가 완성되자마자 나는 거실 전등을 끄고 전구에 불을 밝혔다.

"아이고~ 아주 일품으로 해놨네! 참말로 이쁘다야."

트리에 불이 들어오니 할머니가 아이처럼 좋아했다. 소원을 빌자는 내 말에는 절에서 기도하듯 합장하고선 "우리 식구 다 건강허고 행복하게 해주시옵소서"라며 반절까지 세 번을 했다.

"저거 물 안 줘도 돼야?"

트리를 조립하던 과정이 그새 잊혔는지, 할머니는 마음에 쏙 드는 저 나무가 혹여 죽지는 않을까 걱정했다. 하지만 반짝이는 크리스마스트리에 감동했던 기억은 지속됐다. 할머니는 "츄리 이렇게 멋있게 해놓은 사람 있걸랑 나와보라 그려", "우리가 무슨 일이 잘될랑가 벼"와 같이 가슴 찡한 말을 남기고는 잠자리에 들었다.

크리스마스 당일 저녁에는 할머니를 더 많이 웃게 해주려고 산타복과 수염, 가발까지 주문해서 산타 할아버지로 변장했다. 할머니가 혹시 나를 알아볼까 봐 눈가에 주름까지 그리고 안경도 단단히 썼다. 거울을 보니 그 옛날 내가 산타의 존재를 굳게 믿었던 때 상상했던 그 산타 할아버지가 맞은편에서 방긋 웃고 있었다.

거실 불이 깜빡거렸다. 현관 앞에서 기다리고 있던 내게 엄마가 들어오라는 신호를 준 것이다. 나는 최대한 어깨를 쫙 펴고 목소리를 굵게 내며 할머니에게 인사했다.

"안녕하시오!"

유치원에 산타 할아버지가 오면 신기하면서도 낯설어서 곁에 가지 못했던 내 어릴 적 모습처럼, 할머니도 산타를 보자마자 얼음처럼 굳어버렸다. 소파에 앉아 호기심 어린 눈으로 이쪽을 찬찬히 훑어보던 할머니가 곧 수줍은 미소를 지으며 인사를 건넸다. 다행히도 할머니는 나를 몰라봤다.

"안녕하세요!"

"노병래 할머니! 메리 크리스마스!"

나는 할머니와 동갑내기이자 아주 튼튼한 산타라며 나를 소개하고는 반갑다고 악수하며 할머니 손등에 뽀뽀했다. 낮에만 해도 산타와 악수는 할지언정 뽀뽀는 절대 하지 않겠다던 할머니는 언제 그랬냐는 듯 어설픈 산타의 손등에 귀여운 뽀뽀를 해주었다. 준비했던 선물을 할머니와 엄마에게 나눠주고 할머니에게 답례로 고마움의 볼 뽀뽀까지 받고 나자, 할머니는 아무래도 저 산타가 여자 같다며 의심하기 시작했다. 어쩔 수 없이 정체를 밝힐 시간이 왔다. 할머니 얼굴 앞에 내 얼굴을 가까이 대고 수염을 벗었다.

"영롱이잖여!"

우리는 깜짝 놀라는 할머니의 반응이 너무 사랑스러워서 다 같이 뒤집어지도록 웃었다. 할머니는 마지막까지 한의원에 간 줄로만 알고 있었던 손녀가 눈앞에서 산타 행세를 할 줄은 꿈에도 몰랐던 거였다. 남을 속이는 일이 이렇게 행복할 수도 있다니! 나는 활짝 피어난 동백꽃처럼 예쁘게 웃는 할머니와 엄마의 모습을 보며 그 어느 때보다 완벽한 크리스마스를 보내고 있다고 생각했다.

"할머니, 산타 할아버지 보니까 어땠어?"
"산타 할아버지 언제 왔다 갔냐?"

잠시 후, 할머니의 기억은 다시 흐릿해졌다. 산타가 다녀갔다고 설명해주면서 왠지 모를 아쉬움에 사랑한다고 말하던 그때, 갑자기 할머니가 내 손등에 입을 맞췄다. 치매 환자들은 방금 어떤 일이 있었는지 기억하지는 못하지만, 그 순간에 느꼈던 감정은 남아 있다는 말이 맞았다. 할머니에게서 산타 할아버지의 기억은 사라졌지만 서로의 손등에 뽀뽀했던 기억의 작은 조각과 행복한 감정은 온전히 남아 있었다.

"오늘 제일 재밌었다. 크리스마스 처음으로 재밌었네!"

나 역시 내 인생에서 최고로 행복했던 크리스마스였다고, 침대에 누워 방실방실 웃으며 손을 흔들던 할머니에게 말해주었다.

다음 날도 그 다음 날도, 할머니는 우리가 함께 만든 트리와 선물로 받은 내복이 어디서 난 거냐고 자꾸만 물어봤다. 전기세를 아껴야 한다고, 쓸데없이 불이 켜져 있는 꼴을 평생 용납하지 못했던 할머니가 트리에 켜진 불만큼은 예쁘니 그냥 두라고 하는 날도 계속되었다. 밤마다 보행기를 밀고 화장실에 다녀오면서 불 켜진 트리가 보이면, 한참을 보고서 있다가 "저건 뭐냐?"라고 묻고, 우리가 함께 만든 트리라고 설명해주면 그때마다 계속 켜두라고 하며 좋아했다. 목욕하는 날, 갈아입을 새 내복을 꺼내놓으면 어김없이 "그건 뭐냐?"라고 묻고, 우리가 산타 할아버지가 크리스마스에 주고 간 선물이라고 설명해주면 할머니는 또 기뻐하고…. 밝게 웃는 할머니 앞에서 엄마와 나 역시 덩달아 행복이라는, 크리스마스가 우리에게 주고 간 선물을 받았다.

예전 같았으면 하루 웃고 넘어갔을 일을 매일 기뻐할 수 있게 된 변화는 생각보다 놀라운 일이었다. 웃는 게 좋아서 더 웃을 만한 일들을 찾아서 해볼수록 우리 가족의 관계도 조금씩 단단해졌으니까. 한때 할머니의 깜빡임은 우리에게 참 슬픈 일이었지만, 이제는 우리가 사랑하는 할머니의 가장 예쁜 모습이 되었다. 내가 생각하는 치매의 가장 아름다운 면이기도 하다.

누군가는 나의 이런 표현에 불쾌함을 표했다.

"당신이 심한 치매를 겪어보지 않아서 하는 말이에요."

나는 조금 다르게 생각하고 싶다. 방송에서 루게릭병을 앓고 있는 아내가 눈꺼풀을 깜빡여 의사를 표현할 때 진심으로 기뻐하는 남편의 얼굴을 본 적이 있다. 전신마비로 누워 있는 아버지가 어느 날 손가락 한 마디를 까딱했을 때 온 가족이 눈물을 흘리며 감동하는 모습을 본 적이 있다. 치매로 자식도 알아보지 못하던 엄마가 딸을 보고 "참 예쁘게 생겼다"라고 말할 때 눈물이 차오르던 딸의 눈을 본 적이 있다. 모든 상황에는 그 상황에서만 겪을 수 있는 기쁨과 슬픔이 있지 않을까.

할머니의 상황이 더 좋아지지 않더라도 우리는 그것을 계속 찾아나가려고 한다. 하지만 이런 말로 감히 내가 치매 환자를 돌보는 많은 보호자들에게 좋은 면을 발견해보라고 강요하거나 죄책감을 심어주려는 것은 아니다. 팔자 좋은 사람의 꽃노래를 부르려는 것 역시 절대 아니다. 집마다 상황이 다르고 환자마다 증상의 경중이 다르겠지만 우리 가족은 이렇게 살아가고 있을 뿐이다. 혹시라도 알아채지 못했다면 너무 아찔했을 것 같은 순간을 놓치고 싶지 않아서 노력하고 있는 거다.

새해가 되던 날, 할머니에게 크리스마스트리를 이제 정리해도 될지 물어보았다. 할머니는 단호하게, 보기 좋으니 그냥 둬야 한다고 했다. 아마도 우리 집 거실에 있는 화투장이 달린 트리는 올해 크리스마스까지도 그 자리를 지키고 서 있으려나 보다. 이번 크리스마스에는 할머니와 엄마를 어떻게 기쁘게 해줄까? 나의 이른 고민을 응원하듯, 우리 집 거실 한구석에는 1년 365일이 '메리 크리스마스'인 화투장 트리가 여전히 우뚝 서 있다.

기억

18

퐁당퐁당

행복했던 때를 추억하는 사람의 눈에는 자기도 모르는 사이에 빛이 스며드는가 보다. 나를 키우면서 언제 가장 행복했냐는 질문에 할머니의 흐릿한 눈이 반짝였다. 나는 할머니의 그 고운 옆모습을 숨죽여 바라보며 대답을 기다렸다.

"〈퐁당퐁당〉 불러줄 때!"

할머니의 눈 속에서 넘실대던 웃음이 순식간에 깊은 주름들 사이로 넘쳐흘렀다. 의외의 대답이었다. 첫걸음마를 뗐던 순간이라던가, 처음으로 "할무이"라고 말했던 순간과 같은 나의 첫 시작들 중 하나가 할머니의 대답일 거라고 생각했기 때문이다. 놀라움도 잠시, 나는 아직도 특별한 일이 곧 큰 행복이 될 거라는 착각을 놓지 못했다는 생각이 들어 피식 웃음이 나왔다. 생각해보면 나 역시 첫눈이 내린 날보다는 추운 날 전기장판과 이불 사이에 파묻혀 책을 보던 시간이 더 행복한 기억으로 남아 있다. 할머니의 행복도 그와 비슷한 것이 아니었을까?

사람들은 어른이 되면서 잊지 말아야 할 기억 위로 잊어도 되는 수만 가지의 기억을 쌓으며 살아간다. 어쩌면 그래서 치매에 걸리지 않은 내가 치매에 걸린 할머니보다 일상 속 소중한 기억을 더 쉽게 놓치고 있었는지도 모르겠다. 기억의 무게가 한껏 가벼워져 행복의 정수만 남은 할머니의 모습에 잠시 말문이 막혔다.

〈퐁당퐁당〉 불러줄 때라… 어렴풋이 기억이 났다. 할머니는 나를 씻겨줄 때마다 〈퐁당퐁당〉을 불러줬었다. 할머니가 노래를 부르면 나는 커다란 갈색 대야 안에서 신나게 물장구를 쳤고, 내가 까르르 웃으면 할머니는 신이 나서 더 크게 노래를 불렀다. 영암 집 욕실에 가득 찬 수증기와 할머니에게 잔뜩 튄 비누 거품, 명랑하게 울리는 노랫소리와 웃음소리 가득한 풍경은 마치 노란빛 필터가 입혀진 영상처럼 따뜻한 모습으로 기억 속에 남아 있었다. 나는 할머니가 기억하는 〈퐁당퐁당〉의 추억도 그것과 같은지 궁금해졌다.

"할머니, 나한테 〈퐁당퐁당〉 불러줄 때 뭐가 그렇게 행복했어?"

"내가 너를 업고 '퐁당퐁당 돌을 던지자! 누나 몰래 돌을 던지자!' 이러믄, 그 쪼끄만 것이 박자에 맞춰서 내 어깨를 팡팡 두들기는 거여. 내가 빨리 부르믄 빨리 두들기고, 느리게 부르믄 느리게 두드리고. 내 등에서 그냥 좋다고 웃는 거여. 그게 재밌어서 자꾸만 불러줬지. 참 행복했어, 그때."

참 싱겁고도 순수한 행복이다. 점점 사라져가는 수많은 기억 중에서 질기게 살아남아 할머니의 흐릿해진 눈을 빛나게 하는 기억이 내가 노래를 들으면서 어깨를 두드리던 순간이라니. 할머니가 그토록 자주 부르던 〈봄날은 간다〉와 〈노랫가락 차차차〉의 가사는 잊어도 〈퐁당퐁당〉만큼은 온전히 기억하고 있는 이유를 그제야 알 수 있었다.

약 1년 전, 치매 노인도 말기 단계만 아니라면 하루 중 정신이 비교적 또렷해지는 시간을 이용해 다양한 활동을 할 수 있다는 걸 알리고 싶어서 '할머니의 치매 시계'라는 영상을 만들었던 적이 있다. 지금 그 영상을 다시 보면 치매를 잘 안다고 생각했던 내 패기가 부끄럽기도 하고, 중간중간 정보를 전달하려고 애쓰는 내 모습이 어색해서 이불킥 욕구가 치솟긴 하지만, 나는 이 영상을 볼 때마다 양가적인 감정이 든다. 할머니의 외로움과 행복을 동시에 이해할 수 있었던 계기가 되어준 영상이기 때문이다.

"할머니, 우리 노래 한 곡 할까?"

촬영하던 날 저녁, 식사를 마친 후 평소처럼 할머니에게 노래를 요청했다.

"무슨 노래?"
"〈퐁당퐁당〉!"
"그려!"

할머니는 자신감 넘치는 목소리로 손뼉을 치면서 한바탕 노래를 불렀다.

"너 어릴 때 내가 너를 앉혀놓고 퐁당퐁당 허믄 저도 막

이렇게 해싸… 이렇게!"

어린 시절의 내 모습이 떠올랐는지 할머니는 두 팔을 흔들며 좋아하던 나를 흉내 냈다. 처음 보는 모습이었다. 할머니가 옛 기억을 떠올렸다는 사실이 반가워서 카메라 뒤편에 앉아 마냥 웃었다. 할머니도 갑자기 떠오른 행복이 반가웠던 것일까? 녹화 종료 버튼을 누르는 걸 잊고 쓰레기를 정리하러 잠시 자리를 비운 사이, 거실에서 나를 기다리던 할머니가 손뼉을 치며 작은 목소리로 노래를 부르기 시작했다.

"퐁당퐁당 돌을 던져라!"

마침 내가 현관문을 열고 들어오자 할머니는 멋쩍은 웃음을 지으며 노래를 멈췄다.

"왜 멈췄어? 좋은데! 계속 불러줘."

할머니는 더욱 커진 목소리로 율동까지 곁들여 남은 소절을 모두 불렀다. 나는 열렬한 박수를 보내며, 활짝 웃는 할머니를 와락 끌어안았다. 잠시 후 카메라가 켜진 것을 발견해 녹화 종료 버튼을 누르고, 내 방으로 돌아왔다. 침대에 누워 우리도 모르게 촬영된 영상을 돌려보는데 할머니가 소파에 가만히 앉아서 현관문만 바라보다가 홀로 노래를 시작하는 모습이 보였다. 그게 왜 그렇게 쓸쓸해 보였는지, 나는 그 모습에 왜 자꾸 마음이 먹먹해지는지 알 수 없었다.

마음이 쓰여서 할머니 방으로 가보니, 자는 줄 알았던 할머니에게서 소곤거리는 소리가 들려왔다. 할머니는 눈을 감은 채로 이불을 토닥토닥 두드리며 〈퐁당퐁당〉을 부르고 있었다. 할머니를 감싼 시공간이 영암 집으로 바뀌었던 것일까? 선명해진 행복을 즐기고 있는 할머니를 보며 다시 한번 눈이 뜨거워지는 걸 애써 참았다. 이불 속에 푹 파묻혀 눈을 꼭 감고 소곤소곤 노래를 부르는 할머니, 내 등 대신 이불을 두드리고 있는 할머니의 모습은 그동안 견뎌야 했던 고립과 외로움을 내게 고스란히 전해주었다. 나는 면목이 없어져서 할머니 뒤에 선 채 소곤거리는 노랫소리를 그저 듣고만 있었다.

"퐁당퐁당 돌을 던져라! 누나 몰래 돌을 던져라! 냇물아 퍼져라, 멀리멀리 퍼져라! 건너편에 앉아서 배추를 씻는~

우리 누나 손등을 간질여주어라!"

그날은 우리 둘 다 쉽게 잠들지 못했다. 나는 자꾸만 뒤척이는 할머니 곁으로 가서 아까 본 외로움을 쫓아내듯, 더 바짝 붙어 누웠다. 그러자 할머니는 활짝 웃으며 두 팔 벌려 나를 안아주더니 등을 토닥이기 시작했다. 아, 누가 누구의 외로움을 쫓아낸다는 것인가.

"오늘 하루는 어땠어?"
"가는 중 모르게 갔네!"
"할머니, 아까 막 노래 불렀던 거 생각나?"
"누가?"
"할머니가!"
"내가 노래 불렀나?"
"〈퐁당퐁당〉 불렀어, 〈퐁당퐁당〉."
"퐁당퐁당 돌을 던져라! 누나 몰래 돌을 던져라!"

'퐁당퐁당'이라는 단어를 듣자마자 노래를 시작하는 할머니 앞에서 결국 눈물이 터져버렸다. 사랑하는 사람의 행복과 외로움이 동시에 마음을 파고드니 그야말로 무방비 상태가 되었다. 할머니는 노래를 부를 때마다 나를 키우며 느꼈던 행복이 찾아와 매번 해맑게 웃었지만, 그 노래를 들을 때마다 나는 할머니 앞에서 너무 쉽게 방문을 닫았던 모습이 부끄러워 고개도 들지 못하고 울었다. 내 울음을 눈치채지 못한 할머니는 어린 내가 박자에 맞춰 할머니의 어깨를 두드렸듯이, 다 큰 나의 어깨를 토닥이며 끝까지 노래를 불러줬다.

그날로부터 약 1년이 지난 지금, 할머니는 시간이 지난 만큼 더 흐릿해졌다. 할머니의 기력이 유독 떨어졌던 여름의 어느 날, 개운하게 씻겨주면 힘이 날까 싶어서 욕실로 데려갔다. 1년 전만 해도 할머니 앞에 쭈그려 앉아서 발을 닦아줄 때면 "우리 영롱이, 내가 키웠지"라며 활짝 웃던 할머니가 무표정하게 목욕 의자에 앉아 있었다. 그때보다 멍해진 할머니 얼굴을 보니 치매가 할머니를 덮쳐버릴 것만 같아서 두려움이 몰려왔다. 그때 〈퐁당퐁당〉이 생각났다.

"퐁당퐁당 돌을 던져라! 누나 몰래 돌을 던져라!"

나는 박자에 맞춰서 샤워 타월을 문대며 아주 큰 소리로 노래를 불렀다. "냇물아 퍼~져라! 멀리멀리 퍼져라!" 할머니의 눈을 봤다. "건너편에 앉아서!" 멍했던 눈에 초점이 생기더니 할머니도 내 눈을 봤다. "배추를 씻는…." 할머니의 주름이 겹겹이 깊어지면서 얼굴에 미소가 번졌다. "우리 누나 손등을!" 그때였다. 할머니가 박자에 맞춰서 무릎을 두들기며 노래를 따라 불렀다. "간질여주어라!" 나는 할머니가 보여줬던 율동처럼 쪼글쪼글한 손등을 간지럽혔고 할머니는 곧 깔깔대며 웃었다. 그 옛날 영암 집에서처럼 따뜻한 수증기와 향긋한 비누 거품과 웃음이 욕실에 퍼졌다.

이제 보호자는 바뀌었다. 그건 생각처럼 슬픈 일만은 아니다.

3장

할머니의 장례식에 초대합니다

기억
19

아직 할머니를 만질 수 있다

작년 추석 연휴부터였다. 화장실 변기에 늘 한두 방울씩 떨어져 있던 할머니의 소변이 갈색으로 변하기 시작한 것은. 순간 두려움이 밀려왔지만, 일시적인 증상일 거라고 애써 믿었다. 이제껏 내 불안한 예감은 틀린 적이 훨씬 많았으니…. 그런데 다음 날도, 그다음 날도 갈색 혈뇨는 계속됐다.

연휴가 끝나자마자 병원에 가기 싫어하는 할머니를 칼국수와 미용실로 유혹해 동네 내과에 데려갔다.

"방광염 약을 먹어도 증상이 개선되지 않으면 암일 수 있으니 큰 병원 가셔야 해요. 일단 소변검사 한번 해볼게요."

무서운 말이었다. 암이라니. 소변이 마렵지 않다는 할머니와 한참을 씨름한 끝에 하얀 종이컵에 소변을 받아낼 수 있었다. 소변은 전보다 더 붉었고 나는 할머니가 불안해할까 봐 경직된 웃음을 지으며 화장실을 나섰다. 할머니를 데리고 병원에 다니다 보면 온갖 최악의 상황을 듣게 될 거라고 생각은 했지만, 막상 그 상황을 맞닥뜨리니 얼굴이 자꾸 굳는 건 어쩔 수 없었다. 우리는 약국에서 의미가 있을지 없을지 모를 방광염 약 일주일 치를 받아들고 밖으로 나왔다. 할머니는 약국 문을 나설 때까지 아무것도 묻지 않았다. 가슴에 작은 약봉지 하나와 지팡이를 꼭 끌어안고 휠체어에 앉아 있는 모습이 이상하리만치 작아 보였다. 나는 일부러 더 밝은 목소리로 이제 칼국수 집에 가서 맛있게 점심을 먹을 거라고 말했다. 할머니는 그제야 나를 올려다보며 물었다.

"뭐가 문제랴?"
"방광염이래, 할머니. 약 먹으면 나을 거니까 걱정하지 마."
"응."

할머니의 궁금증 가득한 눈빛에 나도 모르게 거짓말이 튀어나왔다.

"할머니, 이제 피오줌이 아무것도 아니라는 걸 알았으니까, 우리 기분 좋게 칼국수 실컷 먹고 머리도 예쁘게 자르고 집에 가자."

입은 그렇게 자신 있게 말하고 있었지만, 사실 내 머릿속에서 계속 맴돌던 생각이 주문을 외듯 튀어나온 것뿐이었다. 횡단보도 앞에 멍하게 서 있는 사이, 신호가 바뀌었다. 나는 내 걱정이 할머니에게 전해지지 않도록 있는 힘껏 휠체어를 밀며 평소보다 더 빠른 걸음으로 힘차게 걸었다. 우리는 약속했던 대로 칼국수 집과 미용실에 들른 후 웃으면서 집에 돌아왔다. 하지만 할머니의 시선이 닿지 않는 곳에서 엄마와 나는 심각할 대로 심각해졌다.

우리 집의 든든한 기둥이었던 엄마는 무너져내렸다. 그렇게 많이 우는 엄마를 본 건 처음이었다. 나는 단순한 방광염일 거라고, 의사들은 원래 최악의 상황을 얘기하는 법이라며 엄마를 달랬지만, 그건 두려움이 나를 집어삼킬까 봐 어떻게든 외면해보려는 몸부림에 불과했다.

엄마의 예감은 틀린 적이 별로 없었다. 할머니의 혈뇨 증상은 일주일 동안 약을 먹어도 사라지지 않았다. 내과에서는 소견서를 써줄 테니 대학 병원에 가보라고 했다. 나는 떨리는 손으로 급하게 진료를 예약하면서도 슬픈 예감이 틀렸을 때의 장면을 상상했다. 별일 아니라는 검사 결과를 듣는 우리를.

대학 병원에서는 두 번에 걸쳐 여러 검사를 진행했다. 삶과 죽음, 희망과 절망이 정신없이 교차하는 그곳은 앉아 있는 것만으로도 진이 빠졌는데, 불편한 몸으로 지팡이를 꽉 쥐고 이 검사실, 저 검사실을 옮겨 다니는 할머니를 보니 무척 안쓰러웠다. 노년이 되면 누구나 겪는 당연한 과정이라는 것을 안다. 하지만 차가운 기계들이 할머니의 복부를 스치고 지나가면 풍성했던 할머니의 삶이 '생과 사' 둘 중 하나로 압축되는 것만 같아 이상하게 허무한 생각이 들었다.

초음파실에 들어갔을 때였다. 의사 선생님이 기계로 신장이 있다는 양쪽 복부를 문지르자 흑백 모니터에 까만 부분이 보였다. 뭔가 이상했다. 왼쪽 신장의 크기가 오른쪽보다 훨씬 작았다. 의사 선생님은 아무 말도 하지 않았지만, 왼쪽에 이상이 생겼다는 걸 누구나 알아챌 수 있을 정도였다. 선생님의 한 손이 왼쪽에서 움직임을 멈추었고 다른 한 손으론 계속해서 사진을 찍었다.

일주일 뒤 검사 결과를 들으러 갔다. 병원 입구에 엄마와 할머니를 먼저 내려주고 차를 대고 있는데, 엄마에게서 전화가 왔다. 여느 때보다도 가라앉은 목소리였다.

"영롱아, 엄마 비뇨기과에 왔는데 암 센터로 가라네. 암 센터로 올라와."

평소의 명랑한 목소리가 아닌 확연히 가라앉은 엄마의 담담한 목소리가 암 센터라는 단어보다 더 무섭게 들려왔다. 암 센터에 가까워질수록, 내 자아는 둘로 갈라졌다. 한쪽에서는 '비뇨기과 교수님이 오늘은 암 센터에서 진료하는 날이라 그런 걸 거다'라고 생각하며 계속해서 현실을 부정했고, 다른 한쪽은 '넌 정말 현실도피의 끝판왕이구나'라며 곧 다가올 현실을 부정하는 나를 꾸짖고 있었다.

"노병래 님!"

진료실 문이 열렸다.

“이게 신우라고 하는데요…. 음… 신우요관암이에요. 확실히 몇 기인지, 얼마나 전이되었는지 알려면 조영제를 넣고 CT, MRI 검사를 해봐야 하는데…. 젊은 분이시라면 수술을 권해드리겠지만… 수술하시라고 말씀은 못 드리겠네요. 가족분들과 환자분의 의견을 존중하겠습니다. 추후 항암 의사가 있으시다면… 방문하시면 됩니다.”

의사 선생님의 말이 뚝뚝 끊긴 채로 들려왔다. 갑자기 누가 내 심장을 쥐고 흔드는 느낌이었다. 머리가 멍해지면서 눈에서 통제 불가능한 눈물이 미친 듯이 흘러내렸다. 계속 우는 나에게 엄마는 차가울 정도로 차분하게 말했다.

“울지 마. 지금 할머니 병원으로 모시면 더 빨리 돌아가신다. 우리는 지금처럼 살면 돼.”

내게 말하는 것인지 엄마의 혼잣말인지 알 수 없었다.

나는 일주일을 앓았다. 치매는 어쨌든 사는 병이지만 암은 죽을 수도 있는 병이니까, 내 기준에 신우요관암은 치매보다 백배 천배는 더 슬픈 병이었다.

'할머니가 없는 집은 어떨까?'

'내가 어떤 모습이어도 나를 안아주는 사람, 나에게 온전한 사랑을 알려준 사람이 세상에 없다면 나는…?'

답이 떠오르지 않는 질문이 나를 굴속으로 끌고 들어갔다. 할머니는 늘 그 모습 그대로 내 곁에 있을 것 같은 사람이었는데…. 언제가 찾아올, 상상조차 되지 않는 이별의 시간을 애써 더듬어볼 때마다 절망감만 잔뜩 밀려왔다. 촬영은 엄두도 내지 못하고 침대에 일주일 동안 널브러져 있었다. 이유를 알 수 없는 내 처진 모습을 보며 할머니도 며칠 사이에 점점 우울해졌다.

그사이 마음을 정리한 엄마는 다시 우리 집의 기둥이 되어 휘청거리는 나와 아픈 할머니를 받치고 온 힘을 다해 버텼다. 이모들에게 소식을 전하고 결정해야 할 것을 상의하는 일도 엄마의 몫이었다. '할머니에게 이 사실을 알리느냐, 마느냐', '항암 치료를 하느냐, 마느냐'가 주요 쟁점이었다. 다행히 의견은 쉽게 하나로 모였다.

우리는 할머니에게 이 사실을 알리지 않기로 했다. 치매를 앓고 있는 사람에게 "당신이 암에 걸렸대요"라고 말해봤자 그 기억은 금세 잊힐 텐데, 혹여나 그때 받은 감정적 충격이 남아 다른 지병까지 악화시킬까 봐서였다. 항암 치료나 수술도 진행하지 않는 쪽을 택했다. 90세가 넘은 노인이 항암을 진행할 경우, 체력이 버티지 못해서 돌아가실 수도 있다는 경험자들의 조언과 자신이 암이라는 사실을 알자마자 빠르게 상태가 악화됐던 할아버지 간병 경험을 토대로 내린 결정이었다. 할머니는 가족과 함께 웃을 수 있고, 움직이고 싶을 때 움직일 수 있는, 갓 지은 따뜻한 밥과 익숙한 잠자리가 있는 집에서 지금처럼 지내기로 했다.

"영롱아, 할머니 아직 안 돌아가셨어."

허구한 날 울고 있는 나를 보다 못한 엄마가 단호하게 말했다. 그 한마디에 정신이 번쩍 들었다. 얼마나 남았는지도 모르는 이 소중한 시간을 울기만 하면서 보낼 수는 없는 일이었다. 할머니는 아직 내 옆에 있었다. 나는 매일 저녁 소파에 앉아 삼각대를 기다리던 할머니와 다시 촬영을 시작했다. 그리고 앞으로 함께할 버킷리스트를 생각해보며 마음을 추슬렀다.

할머니 앞에서 울까 봐 한동안 엄마 몫이 되었던 목욕도 다시 시작했다. 울지 않을 자신이 생겼던 날, 나는 할머니를 깨끗하게 씻기고, 머리를 단정하게 빗겨주고, 곱게 로션을 발라줬다. 인절미처럼 말랑거리는 볼살이 사랑스러워 얼굴을 쓰다듬고 할머니를 향해 양팔을 활짝 펴고 웃었다. 할머니는 기다렸다는 듯 나를 꼭 끌어안았다. 할머니의 은빛 머리카락에 얼굴을 묻고 기분 좋은 비누 향기와 체취를 한껏 들이마셨다.

"고맙다."

할머니가 내 눈을 바라보며 말했다.

"할머니 거울 봐봐, 너무 예쁘지?"
"응."
"이게 누구야?"
"노병래."
"할머니, 아흔세 살 할머니 중에 이렇게 이쁜 할머니 봤어?"
"못 봤어!"
"맞아. 너무 예뻐."

할머니의 삶이 죽음 쪽으로 더 가까워졌다 해도 할머니에게서 퍼지는 따뜻한 온기와 사랑은 여전히 내 곁에서 나를 품어주고 있었다. 이제 확실히 알았다. 엄마와 내가 지금 할 수 있는 일은 우리 가족을 감싸고 있는 온기가 사라지지 않도록 할머니를 온 마음 다해 사랑하는 일이라는 걸.

다가올 이별을 생각했던 그 시간을 계기로 일상은 더욱 소중해졌다. 풀이 죽어 있던 할머니 앞에 다시 삼각대가 놓이고 내가 조잘거리며 끊임없이 수다를 떨자 할머니는 다시 웃기 시작했다. 그거면 충분하다고 생각했다.

우리는 아직 할머니를 만질 수 있다.

기억

20

나를 기억해줘서 고맙습니다

"어질어질허네! 안 나오다가 나오니까!"

할머니가 2층 현관 앞에서 눈을 찡그리며 말했다. 얼굴로 내리쬐는 햇볕이 낯선 듯했다. 엄마와 나는 마음처럼 움직이지 않는 몸에 당황한 할머니를 꼭 붙잡고 한 걸음, 한 걸음 계단을 내려왔다.

무려 2년 반 만의 산책이었다. 할머니가 치매를 진단받은 지 1년도 채 지나지 않아 코로나가 시작된 탓이었다. 당뇨와 심장 질환을 앓는 할머니가 코로나에 걸린다는 건 사망선고나 다름없는 일이었기에 그간 우리는 그 무서운 바이러스가 스스로 힘을 잃을 때까지 할머니의 외출을 필사적으로 피했다. 할머니는 그 상황을 어떻게 이해했을지 모르겠다. 어쩔 수 없는 상황에 대한 순응과 체념이었을까? 아니면 외출하고 싶다는 욕구조차 잊은 것이었을까? 할머니는 단 한 번도 나가고 싶다거나 답답하다는 말을 한 적이 없었다. 그저 늦은 오후가 되면 거실 소파에 앉아 골목을 지나다니는 사람들을 말없이 구경할 뿐이었다. 그사이 할머니를 편하게 산책시키기 위해 구매했던 휠체어 곳곳에는 녹이 슬어 있었다.

할머니가 집 안에만 있었던 긴 시간 동안, 집 밖에서는 참 많은 변화가 있었다. 늘 지나다니는 길에 늘어선 간판들은 몇몇 오래된 토박이 가게의 것을 제외하곤 모두 처음 보는 이름으로 교체되었고, 오종종한 집들이 모여 있던 길에는 새 빌라들이 들어섰다. 할머니가 우체국에 가느라고 달마다 한 번씩 건던 대로변에는 시끄러운 경전철 공사가 한창이었다. 코로나로 많은 것이 멈추고 무너졌어도 세상은 흐르는 시간을 연료로 삼아 어떻게든 굴러간 모양이었다.

그렇게 집에서 보내는 세 번째 봄이 지나갈 무렵 코로나는 서서히 잠잠해졌다. 이 정도면 할머니와 나가봐도 괜찮을 것 같다는 생각이 들었다. 고민이 됐다. 바깥세상과 단절되어 지내는 동안 부수고 다시 세워진 게 많았던 만큼, 가장 먼저 어디를 가야 할지 쉽게 정할 수 없었기 때문이다. 오랜만의 외출이니 몸에 무리가 가지 않을 정도의 가벼운 산책이어야 했고, 할머니가 즐거움을 느낄 수 있어야 했다. 결국 우리는 한때 할머니가 반찬거리를 사던 시장 길을 따라 단골 칼국수 집, 단골 슈퍼마켓, 단골 떡집과 미용실을 지나는 지극히 일상적이고 익숙한 길을 나서보기로 했다.

"아이고, 시원혀!"

너무 덥지도 서늘하지도 않은 늦봄의 날씨에 엄마가 빠른 걸음으로 휠체어의 속도를 높이니 할머니의 얼굴에도 시원한 바람이 스쳤다. 할머니는 오랜만에 본 동네 풍경이 신기한 듯 계속해서 주변을 두리번거렸다.

제일 먼저 향한 곳은 할머니의 단골 옷 가게였다. 할머니는 엄마에게 왜 자꾸 돈을 쓰냐며 핀잔을 주면서도 마음에 드는 연보라색 리넨 블라우스와 진한 보라색 인견 바지를 야무지게 골랐다. 할머니가 우체국을 다녀오는 길에 종종 파스를 사던 오래된 약국에서는 사장님 부부가 할머니를 기억하고 인사를 건네기도 했다. 휠체어에 앉아서 품에 장본 물건들을 안고 돈을 아끼라며 잔소리하는 할머니와 투덜거리는 엄마, 그 모습이 얼마나 사랑스럽던지 뒤에서 카메라를 들고 쫓아가던 나는 걷는 내내 웃음이 났다.

어느새 칼국수 집에 도착했다. 내가 고등학생일 때부터 우리 가족이 종종 방문하던 곳이었다.

"저기… 다른 손님들 안 계시니까 할머니만 나오게 영상을 좀 찍어도 될까요?"

"찍으세요, 찍으세요. 지금 그러잖아도, '할머니 모습 담나 보다' 하고…."

내가 기어들어가는 목소리로 소심하게 양해를 구하자 사장님은 흔쾌히 촬영을 허락해주었다. 그때였다.

"엄마 보니까 내가 지금 속이 짠해가지고… 쌩쌩할 때 오셨는데 벌써 이렇게…."

"아, 기억하시는구나!"

"그럼요! 목소리도 지금처럼 쩌렁쩌렁하셨잖아요. 가끔

혼자 오셔서 칼국수도 잘 드시고 가셨어요."

20년 가까이 가던 가게였지만 늘 주문한 음식을 테이블 위에 놔주고 나면 돌아서서 일만 하던 사장님이었다. 우리는 서로 안부를 물은 적도 없었고, '어서 오세요'와 '잘 먹었습니다'라는 통상적인 인사만 나눈 채 가게를 나서곤 했다. 그렇게 무뚝뚝하던 사장님이 할머니의 목소리까지 기억하고 있다니. 늘 집 안에서만 지내던 할머니가 집 밖의 누군가에게 기억되고 있다는 사실이 새삼 감사했다. 나는 발그레한 볼을 더욱 붉히며 인정 넘치는 웃음을 짓는 칼국수 집 사장님의 모습을 기억에 깊이 담았다.

"어머니 또 오세요. 건강하시고요."

귀가 어두운 할머니는 사장님의 인사에 "예, 예~" 하고 대답하며 손을 흔들었다. 할머니의 얼굴에 번진 수줍은 웃음을 보니 사장님의 표정만으로도 마음이 전해진 듯했다.

곧 우리의 마지막 여정인 작은 골목길에 다다랐다. 그 길에는 할머니가 늘 섬유유연제를 사 오던 슈퍼마켓과 오랜 시간 염색과 커트를 맡겼던 미용실, 명절마다 송편과 떡국 떡을 사던 떡집이 있었다. 수십 년간 그 골목길을 지나다니긴 했지만, 우리는 어쩌다 눈이 마주치면 어색하게 인사를 나누던 어설픈 이웃이자, 서로가 나이 들어가는 모습을 일정 선 너머에서 조용히 지켜보며 살아온 애매한 타인이었다. 가게 안에 붙어 있는 손주의 사진으로 사장님 부부가 어느새 할머니, 할아버지가 되었다는 걸 알게 되거나, 서로의 늘어난 주름을 말없이 바라보며 시간이 흘렀다는 걸 떠올리게 되는 담백한 정을 나누는 사이.

엄마와 나는 그 오래된 가게들을 할머니에게 보여주며 작은 골목길을 걸었다. 그때 예상하지 못한 일이 벌어졌다. 가게 사장님들이 밖으로 나와 할머니에게 인사를 건네기 시작한 것이었다. 슈퍼마켓 사장님은 한동안 보이지 않던 할머니가 요양원이 아닌 집에 계신다는 사실에 놀란 듯했고, 떡집 사장님은 밝게 웃으며 오랜만에 마주친 할머니에게 칭찬을 늘어놓았다.

"아이고, 안녕하세요! 아이고~ 건강하셔. 이쁘시네 아주!"
"지금 저녁 먹고 오는 거여. 애들이 사줬어."

그 와중에 애들이 밥을 사줬다는 자랑까지 한 할머니 얼굴에 더욱 생기가 돌았다. 긴 시간 인사를 나누며 살아왔던 사람들의 얼굴이 기억나 반가웠는지, 들리지 않는 대화에도 "알어, 알어~" 하고 대답하며 애틋한 마음을 전하기도 했다.

너무 바빠 보여서 그냥 지나가려고 했던 단골 미용실의 사장님도 손님의 머리를 만지다 말고 뛰어나왔다.

"어르신 나오셨네! 안녕하세요! 아이고야… 하도 안 보이시니까 무슨 일 있나 걱정했네."

할머니는 머리를 다 하고 나면 사장님 부부에게 "둘이서 일 끝나고 맛있는 거 사 먹어. 젊을 때 만날 일만 허지 말고 놀러도 다니고 그랴" 하며 팁을 쥐어주고 홀연히 가게를 나셨다고 한다.

"참 따뜻한 분이셔."

미용실 사장님의 기억에 할머니는 좋은 말을 건네주던 따뜻한 어르신으로 남아 있었다.

"안녕히 계세요!"

우리는 한바탕 인사를 나누고 집으로 향했다. 대문을 나설 때의 긴장감은 온데간데없이 사라지고 행복함만 남아 발걸음이 가벼워졌다. 할머니는 그날의 감동을 명쾌한 한마디로 표현했다.

"아이고! 잠도 안 오겄네. 재밌어가지고…."

그로부터 1년 후, EBS에서 방영한 〈내 마지막 집은 어디인가〉라는 3부작 다큐멘터리를 본 적이 있다. 노인이 존엄성을 잃지 않고 마지막을 준비할 수 있으려면 사회와 개인이 각각 어떤 노력을 해야 하는가를 심층적으로 다룬 작품이었다. 1부에서는 호스피스 병동에서 죽음을 준비 중이던 사람들을 다뤘는데, 나는 그들 중 고향에 다녀온 한 어르신이 유독 기억에 남았다.

말기 암 환자인 할머니가 코에는 산소호흡기를, 팔에는 수액 주삿바늘을 꽂은 채 마지막으로 고향을 돌아보고 싶다며 강릉으로 향했다. 43년간 일했던 중앙시장에 도착한 할머니는 오랜 친구들의 손을 잡고 숨찬 목소리로 농담도 하고 방긋 웃기도 하며 시장에서 함께 일했던 지인들의 소식을 전해 들었다. 누구네 엄마는 요양원에 있고, 누구네 엄마는 심하게 아파서 연락이 닿지 않고….

오래오래 살라는 인사를 마지막으로 친구들과 작별 인사를 나누는 장면에서 나는 생전 처음 보는 텔레비전 속 할머니의 얼굴이 익숙하게 느껴졌다. 그 모습은 미용실 사장님과 인사를 하고 돌아서는 찰나에 카메라에 잡힌 우리 할머니와 똑 닮아 있었다.

아직도 잊을 수 없다. 행복이라는 한 단어로 표현하기 어려운 무언가가 가득 차 있던 표정. 슬픔과 웃음이 함께 담긴 할머니의 눈빛을. 그 안에는 사람들이 자신을 기억하고 있다는 것에 대한 고마움과 감동, 지나간 시간에 대한 그리움과 그날의 반가움이 한데 섞여 있었다.

우리는 매일 누군가의 기억 속에 발자취를 남기고 모든 사람은 기억을 토대로 관계를 쌓아간다. 기억되고 기억하는 것이 일상이 된 나는 몰랐다. '누군가에게 기억된다는 것', 그것은 어쩔 수 없이 사람들에게서 멀어져 점점 고립되어가는 노인에게는 잠이 안 올 정도로 기쁜 일이자, 창백한 말기 암 환자의 얼굴에 생기가 돌게 만드는 활력소와 같은 것이었다.

그뿐만이 아니었다. 사람들이 전한 따뜻한 인사는 할머니에게 새로운 의지를 선물해주기도 했다. 외출을 두려워하던 할머니가 그날 이후 산책을 좋아하게 되었다. 할머니는 이웃들의 표정과 몸짓을 통해 분명 느끼고 있었다. 사람들의 기억 속에 남아 있는 자기 모습이 바지에 소변을 보고 길에서 쓰러졌던 노인이 아니라 혼자서 씩씩하게 걸어 다니던 정정한 할머니, 늘 좋은 말을 건네주던 따뜻한 할머니였다는 것을.

서로의 선한 기억을 나눈다는 게 이토록 사랑스러운 일임을, 정정했던 시절 온 동네를 씩씩하게 걸어 다니며 밝은 정을 나누었던 할머니 덕분에 배웠다. 시간이 많이 지나서 언젠가 할머니에게 반갑게 인사를 건네던 그들에게도 타인의 기억이 소중해지는 때가 온다면, 나 역시 내가 고이 간직한 가장 예쁘고 따뜻한 기억을 꺼내어 그들에게 들려줄 생각이다.

기억

21

엠병, 지랄이여

방송사나 언론사와 인터뷰할 때면 종종 이런 질문을 받곤 했다.

"영롱 님의 10대, 20대에 가장 기억나는 할머님과의 추억은 무엇인가요?"

나는 이 질문에 늘 머리가 멍해졌다. 인생의 3분의 2를 차지하는 시간 동안 할머니와의 특별한 추억이랄 게 없었기 때문이었다. 아무리 기억을 뒤져봐도 생각나는 거라곤 교복을 깨끗하게 세탁해 다림질해주거나 구멍 난 검정 스타킹을 꿰매주던 할머니의 모습, 아침저녁으로 밥을 차려 주던 모습과 같은 평범한 일상의 장면뿐이었다. 그나마 특별할 게 있었다면 할머니 생일 때 온 가족이 다 같이 여행을 다녀왔던 추억 정도랄까.

그렇지만 할머니와의 모든 기억을 더듬고 나면 결국 머릿속에 남는 한마디는 있었다.

"옘병, 지랄이여."

곰곰이 생각해보면 이 말은 상당히 무서운 말이다. 옘병은 염병의 사투리고, 염병이란 전염병 중에서도 가장 무서운 장티푸스를 뜻한다. 그러니까 "옘병, 지랄이여"는 장티푸스가 지랄한다는 말인 거다. 그런데도 할머니에게 거의 매일 들었던 그 말은 지금도 그때도 밉지 않았다.

모범생과 꼴통을 넘나들던 10대, 자유를 외치던 20대의 반항기에 나는 내 인생에서 가장 당연한 사람이었던 할머니에게 별것 아닌 일로 온갖 짜증을 내곤 했다. 그때마다 할머니는 투박한 손길로 밥그릇에 쌀밥을 푹푹 퍼 담으며 "옘병, 지랄이여"라는 한마디로 꾸짖음을 대신했다. 애

석하게도 할머니의 그 말은 내게 조금의 타격감도 없어서 할머니가 차려준 밥을 먹는 둥 마는 둥 하고는 방으로 휙 들어가버리곤 했다. 뺀질이도 그런 뺀질이가 없었다.

내가 짜증을 낼 때만 "옘병, 지랄이여"를 들었던 건 아니다. 남자친구와 헤어져 엉엉 울 때 내 방 앞을 지나가며 나지막이 뱉던 "옘병", 나의 애교에 참았던 웃음이 터지면 어쩔 수 없다는 듯 눈을 흘기며 말하던 "지랄이여", 술병이 나서 뻗어 있던 내게 한심함을 가득 담아 말하던 "옘병, 지랄이여"도 있었다. 대부분이 나의 찌질함을 탄식하는 표현이긴 했지만, 그 말 외에 더 이상의 간섭은 없었다. 그래서 할머니 곁에서 언제라도 아이같이 울고 웃고, 잊어버리며 어른이 되어갔다.

지금 생각하면 어떤 한마디에 그렇게 많은 마음이 담길 수 있다는 게 참 신기하다. 나는 바깥의 시끄러운 일들에 시달리는 날이 많아질수록, 할머니 옆에 가만히 누워 사랑과 걱정, 위로의 표현이었던 "옘병, 지랄이여"를 듣는 게 좋았다. 나를 안아주고 어깨를 토닥거리며 말하는 "지랄이여"가 꼭 나를 지켜주는 방패 같아서, 내 주변의 모든 옘병과 지랄을 날려버리는 통쾌한 한 방 같아서 그냥 옆에 누워만 있어도 모든 긴장이 풀리는 것 같았다.

에세이집 출간을 제의받았을 때였다. 소식을 들은 지인이 한 번도 책을 내보지 않은 네가 어떻게 책 한 권을 다 쓸 수 있겠냐는 말을 했었다. 지금에 와서 생각하면 이 어려운 일을 쉽게 생각했던 나 자신이 우습지만, 당시에는 무시당한 기분이 들어서 곧장 할머니 옆에 누워 천장만 멀뚱멀뚱 보고 있었다.

"왜 그랴?"
"할머니, 나 짜증 났어."
"왜 짜증 났디야? 말혀봐."

웬일로 무슨 일인지를 묻는 할머니 앞에서 나는 어린애가 되어 누구누구가 나를 무시해서 속상했다고 미주알고주알 일러바쳤다. 그때였다.

"너 잘헐 수 있냐?"
"당연하지! 난 뭐든 맘먹고 하면 잘해!"
"그럼 끝내주게 하믄 돼야. 니가 잘허믄 무시하던 사람들도 나중에는 아무 소리 못 허는 거여. 끝내주게 혀봐."

할머니는 특유의 구수한 말투로 이 멋진 말을 남긴 후, 곧 잠이 들었다. '끝내주게 하면 된다'라…. 할머니의 시원 명료한 대답에 별것 아니었던 속상함은 온데간데없이 사라졌다. 내가 할머니에게 고민을 털어놓기 시작한 건 그때부터였다.

유튜브에 종종 달리는 악플을 보고 괴로워할 때면,

"옘병, 지랄허네. 그게 다 샘나서 그러는 거여. 너는 그렇게 살어라, 나는 이렇게 산다! 하믄 돼야. 처 내버려둬!"

아픈 강아지 때문에 우울할 때면,

"속상한 생각허지 말자. 살을라믄 이럴 수도 있고 저럴 수도 있겄지. 이래 생각하믄 돼야. 그렇게 생각하믄 덜 속상허지."

나를 이용하려는 사람들 때문에 속상할 때면,

"지랄! 늑대 같은 인간들은 상종허믄 안 돼야. 그 부탁 다 들어주지 말어. 다 골라 먹고 더 먹을 거 없으믄 내뺀다구!"

점점 흐릿해지는 94세 치매 할머니에게 이렇게 명석한 조언을 받게 될 줄 누가 알았을까. 할머니는 지금이 아침인지 저녁인지를 묻는 엉뚱한 얘기를 하다가도 내가 고민 상담할 때만큼은 그 누구보다 지혜로운 어른이 되어 상황에 딱 맞는 말을 해주었다.

"내가 아직 그런 건 잘 알어."

나는 나대로 고민의 무게가 한결 가벼워져 좋았고, 할머니는 할머니대로 내게 조언해줄 수 있다는 사실에 자부심을 느끼는 듯했다. 그뿐이 아니었다. 내 고민을 듣는 순간만큼은 치매로부터 멀어지는 할머니를 보며, 어쩌면 할머니의 치매를 조금이라도 늦출 수 있는 건 그동안 애써 시도해왔던 낱말 퍼즐 맞추기나 그림 그리기 같은 활동보다는 사람들이 사는 세상을 보고 들으며 함께 섞이는 감각을 느끼게 해주는 것이 아닐까 하는 생각이 들었다.

나는 할머니가 탁월한 상담 능력을 십분 발휘할 수 있도록 구독자 고민 상담 영상을 만들어보기로 했다.

"고민을 말해보라고 해라! 내가 다 대꾸해줄게! 시원~

허게 해줄게!"

얼마든지 고민을 말해보라는 할머니의 말에 남녀 불문, 다양한 연령대의 사람들에게서 수많은 고민이 모이기 시작했다. 인간관계, 성격, 진로, 결혼 생활, 연애…. 어린이부터 엄마 나이대까지. 메시지와 메일, 그리고 댓글로 사람들의 고민이 쏟아졌다. 비슷한 고민은 한 주제로 묶고, 꼭 물어봐야 할 거 같은 고민에는 중요 표시를 넣으며 할머니에게 들려줄 사연을 정리한 지 2주, 드디어 할머니의 상담이 시작됐다.

예상한 대로 흘러가지 않을 거라는 건 알고 있었지만, 시작부터 난관에 봉착했다. 할머니가 상담을 거부한 것이다. 동생들이 자기를 무시해서 걱정이라는 어린이의 고민과 언니와 자꾸만 싸워서 고민이라는 열다섯 살 중학생의 사연을 듣고는 한 사람의 얘기만 들어서는 해결해줄 수 없다고 했다. 고3 수험생인데 공부를 안 하고 있으니 눈물 콧물 다 빠지게 혼을 내달라는 고민에는 이 학생의 성격이 어떤지 모르기 때문에 혼을 낼 수가 없다고 단호하게 고개를 저었다.

엄마와 나는 얼마든지 대꾸해주겠다고 자신 있게 말하던

할머니 모습이 생각나 웃음이 터졌다. 나라면 서로 이해하면서 잘 지내라고 대충 덕담 한번 해주고, 공부 열심히 하라고 혼내주는 척을 했을 텐데. 나의 사랑스러운 할머니에게는 양측의 얘기를 모두 듣기 전에는 쉽게 판단하지 않는 것, 한 사람의 성격을 알지 못한 상태에서는 함부로 꾸짖지 않는 게 훨씬 중요한 신념이었나 보다.

점점 무게감 있는 사연들도 나오기 시작했다. 신기하게도 할머니는 더 이상 상담을 거부하지 않았다. 고민을 듣던 중 기억나지 않는 얘기가 있으면 다시 물어가며 그 어느 때보다 사람들의 이야기를 진지하게 들었다.

타인에게 상처받지 않는 방법을 묻는 사연에는,

"정허믄 돼야, 내가. 내가 내 자신을 정허믄 된다고."

홀로 딸 둘을 키우고 있는 엄마의 사연에는,

"힘내요. 끝까지 잘헐 수 있어. 힘내믄 잘해. 엄마니까는 다 잘헐 수 있어."

사랑하는 가족을 잃고 그리움에 아파하는 사람들에게는,

"어디 가서 한참 울어대믄 돼. 울으믄 풀어져. 그래서 눈물이 있는 거여. 눈물을 많이 쏟으면 마음이 정리가 되는 거여."

투자로 전 재산을 잃어버린 후 다시 시작하기가 두렵다는 사람에게는,

"힘내세요. 힘내야지, 힘 안 내믄 그냥 주저앉아버려. 그러면 자기만 갑갑해. 오십 살이믄 아직 안 늦어요. 아직 젊은데 뭘 그래."

늦었지만 이제라도 사랑을 할 수 있을지 묻는 사람에게는,

"늦게 만난 사랑이 더 기쁘고 좋을 수도 있으니까 포기 말고 사랑허고 살아요. 사랑을 안 허고 살면 사람이 망가져서 안 돼요."

타인의 아픈 사연에 과하게 간섭하지 않으면서도 공감과 진심을 아끼지 않는다는 건 누구에게나 어려운 일인데, 할머니는 사람들의 이야기에 진심으로 공감하면서 어느새 얼굴

모르는 이들부터 옆에 앉은 나의 마음까지도 따뜻하게 어루만져주고 있었다.

"포기 말고 사랑하며 살아요."

할머니와 고민 상담 영상을 촬영하던 날, 가장 기억에 남았던 말이다. 이 아름답고도 버거운 말은 언젠가 내가 더 성장했을 때 어떤 감정을 전해주는 표현이 되어 있을까? 이제껏 한 귀로 듣고 한 귀로 흘렸던 "옘병, 지랄이여"가 이제는 나를 위로하고 품어주는 문장이 된 것처럼 말이다.

영상이 업로드된 후 할머니에게는 '마마 포청천'이라는 별명이 생겼다. 94세 마마 포청천 할머니가 "사랑을 안 하고 살면 사람이 망가진다"고 마음을 다해 말해주었으니 그 말을 믿고 내 앞에 놓인 하루하루를 살아봐야겠다. 나 자신의 기준은 내가 정하고, 힘을 내야 할 때는 주저앉지 않도록 힘을 내고, 그러다 울어야 할 때는 마음껏 울면서, 포기 말고 사랑하면서.

기억

22

섬망

기분이 좋아서 부르는 줄 알았던 노래가 섬망 증상의 시작일 줄은 꿈에도 몰랐다. 약 일주일 동안 한두 시간씩 들리다 말았던 노랫소리는 밤 12시가 지나도록 멎지 않았다. 평소에는 저녁 8시면 잠이 들었던 할머니였다. 이상함을 느낀 내가 할머니에게 왜 혼자 계속 노래를 부르냐고 물어보면, 할머니는 천진난만한 표정으로 "무슨 노래 부르대, 내가?" 하고 되물을 뿐이었다. 일상적인 치매 증상일 거라고 생각하며 웃어넘기길 며칠, 노래가 혼잣말로 바뀌기 시작했다. "그래서 그렇게 된 거예요"와 같은 알 수 없는 말들이 새벽까지 이어졌다. 그 목소리는 점점 커지더니 내 방문 너머까지 들려왔고, 그럴 때마다 나는 할머니 곁에 누워 잠들 때까지 어깨를 토닥였다. 정체 없는 말들은 졸고 있는 와중에도 할머니의 의지와 상관없이 입 밖으로 계속해서 새어 나왔다. 나는 그 혼잣말을 멈춰보려고 움찔거리는 입술 위에 내 손가락을 조용히 올려보기도 했지만 소용없는 일이었다.

할머니의 뇌 회로가 10초 단위로 이리저리 연결되었다가 끊기기를 반복하는 듯했다. 제사를 지내야 하니 옷을 갈아입어야 한다며 장롱 한구석에 박혀 있던 카디건을 꺼내놓았고, 여태 잘 덮고 자던 솜이불을 목장에서 가져온 남의 이불이라며 커버를 다 분리해놓기도 했다. 할머니의 뇌는 할머니가 살아온 인생길을 뒤죽박죽 섞어 눈앞에 펼쳐 보이고 있었다. 오래된 기억의 조각들이 현실에 서 있는 할머니를 자꾸만 과거로 끌고 가서 좀처럼 놓아주지 않았다. 이미 오래전에 세상을 떠난 할아버지와 외삼촌을 애타게 찾았고, 이곳은 친척 집이니 서울 집으로 돌아가야 한다며 택시를 잡아달라고 했다. 잠시 후에는 할머니의 고향이 눈앞에 펼쳐진 것인지 집에서 일하는 일꾼들은 다 어디로 갔냐고 당황한 눈빛으로 내게 물었다.

잠시 눈을 돌릴 새도 없이 이상행동이 계속되는 바람에 엄마와 나는 초긴장 상태로 할머니와 함께 밤을 새웠다. 첫날은 둘 다 할머니 방과 거실 소파, 내 방을 오가며 한숨도 자지 못했고, 둘째 날은 교대로 한 시간씩이라도 눈을 붙여가며 할머니 곁을 지켰다. 섬망 증상은 48시간 동안 이어졌다.

'이건 잠 고문이다.'

이틀 동안 잠을 거의 못 자니 엄마와 나도 한계를 느꼈다. 사실 말이 이틀이지, 전조 증상이 일어난 시점에서부터 따져보면 우리가 잠을 설쳤던 기간은 족히 일주일은 되었다. 그냥 잠을 설치는 것과 신경을 바짝 곤두세운 채로 날밤을 새우는 일은 완전히 다른 것이었다. 엄마와 내 입술은 하루 만에 부르터버렸고, 또렷했던 정신은 점점 멍해졌다.

'이래서 사람들이 치매 노인과는 같이 못 산다고 말하는 걸까?'

끝을 알 수 없는 절망적인 상황에서 체력까지 바닥나자 평소에는 절대 하지 않았던 생각까지 머릿속을 스쳐 지나갔다. 할머니의 첫 섬망 앞에서 무방비 상태였던 나는 그야말로 나약했다. 만약 그 상황이 이틀 만에 종료될 걸 알았다면 그런 생각이 떠오르진 않았을 텐데….

환시, 환청, 불면, 이상행동이 동시에 우리 셋을 덮쳤을 때 엄마와 나는 할 수 있는 모든 방법을 동원해봤었다. 비상용으로 처방받았던 안정제 먹이기, 논리적으로 할머니를 설득하기, 일상적인 대화로 주의를 환기하기, "제발 정신 차려!"라며 애원하기, 옆에 누워서 재워보기, 텔레비전 틀어주기, 잠들지 못하는 할머니 눈을 그저 손으로 덮고 있기…. 별의별 방법을 써봐도 섬망이 멈추지 않자, 결국 엄마와 나는 시공간을 넘나들며 보이지 않는 사람들을 찾는 할머니를 꼭 안고 버텼다.

3일째가 되던 날이었다. 전날 먹었던 안정제의 약효가 나타난 것인지, 체력이 다한 것인지는 모르겠지만 할머니가 드디어 잠이 들었다. 나는 그 시간을 틈타 치매 카페와 인터넷을 뒤져 섬망 증상에 대한 정보를 찾았다. 신경계의 이상이니, 증후군이니 하는 전문가의 알아듣기 어려운 말은 그다지 도움이 되지 않을 것 같아서 치매 환자 가족들의 경험담을 샅샅이 읽어봤다. 가족마다 대처하는 방법은 모두 달랐지만, 그들이 생각하는 섬망의 원인에는 공통점이

있었다. '갑작스러운 환경 변화와 낯선 사람의 방문, 또는 체력 저하.'

아차 싶었다. 할머니가 신우요관암을 진단받은 지 얼마 지나지 않았을 때였다. 나는 내 방 침대 매트리스 커버를 교체하다가 무릎 인대가 파열되는 부상을 겪었다. 그때 한 달간 깁스와 목발 신세를 지느라 엄마가 해야 할 일들이 산더미처럼 늘어났는데, 이러다간 엄마도 쓰러질 것 같아서 처음으로 요양보호사 선생님을 고용하게 됐다. 그 과정에서 우리 집에는 사회복지사, 요양보호사, 몸이 불편한 어르신들의 신체 활동을 보조하는 복지 용구 설치 기사님까지 낯선 사람들의 방문이 계속됐고, 엄마와 사회복지사 사이에서 여러 가지 서류가 오갔다.

"여는 느들 집이니께 나는 나중에 춘천 가서 살믄 될까?"

그 모든 과정을 유심히 지켜보던 할머니가 엄마에게 물었다. 여태까지 이런 질문은 단 한 번도 한 적이 없었기에 우리는 적잖이 놀랐다. 할머니는 서류에 서명하는 엄마의 모습을 보며 어딘가로 보내질지 모른다는 불안감을 느끼고 있었던 것이다. 낯선 사람들이 방문하면 그들이 집을 나설 때까지 소파에 앉아 잠시도 눈을 떼지 못했던 이유를 알 수 있었다.

"엄마, 무슨 말이야. 여기는 엄마 집이야. 엄마는 여기서 우리랑 계속 같이 살 거야."

엄마의 대답에 할머니는 고맙다고 말하며 베개에 얼굴을 묻고 울었다.

"할머니, 집에 오시는 선생님이 목욕시켜주니까 어때?"
"싫어. 혼자 헐 수 있다. 이제는 내가 혼자 목욕할 거여."

출근을 시작한 요양보호사 선생님은 상냥하고 세심하게 할머니를 목욕시켜줬지만, 할머니는 낯선 사람에게 알몸을 보이는 자체를 무척 싫어했다. 우리가 할머니를 위해 새로 설치한 천장형 기둥 손잡이도 낯설어하긴 마찬가지였다. 할머니에겐 집이 무너질까 봐 설치해둔 구조물로 느껴져 불안만 더 키우는 꼴이 됐다.

그러니까 그 모든 과정이 진행되는 동안 우리가 아무리 안심시키고 자세히 설명했어도 할머니의 평화롭던 일상은 계속해서 흔들렸던 모양이다. 그로 인한 불안감이 섬망 증상의 기폭제가 된 게 분명했다. 우리는 앞으로 할머니를 어떻게 안정시킬 수 있을지에 대한 답을 찾은 기분이 들었다.

이틀간 못 잔 잠을 몰아서 자듯 잠에 빠져들었던 할머니는 저녁이 되자 깨어났다. 그러고는 쉰 목소리로 말했다.

"그것도 무슨 조화 속이여. 인자 말허기 싫어."

할머니에게 이상행동에 대한 기억은 남아 있지 않았지만, 혼잣말을 계속했던 기억은 남아 있었다.

"내가 그러고 싶어서 그런 것이 아니다. 저절로 그냥 돼서 그러지…."

자신도 모르게 벌어진 일들이 엄마와 나를 힘들게 했다는 걸 인지하고는 쉰 목소리로 자꾸만 미안해하는 할머니 모습에 마음이 아려왔다. 엄마와 나는 할머니가 더 이상 불안함을 느끼지 않도록, 여태까지 그래왔듯 앞으로도 변하는 건 없을 거란 사실을 할머니가 깨어 있을 때마다 며칠에 걸쳐 계속해서 알려줬다.

"할머니! 그동안 나 다리가 아파서 할머니 목욕 못 시켜줬잖아, 이제는 내가 씻겨줄 수 있어!"

"우리 사는 데까지 잘 살아보자, 엄마."

"할머니, 내가 할머니 마지막까지 다 지켜줄게! 엄마도 있고 나도 있잖아? 그러니까 하나도 불안할 게 없어."

"감사허다…. 고맙다, 고마워…."

그동안 얼마나 두려웠던 것일까? 할머니의 온전치 못한 기억은 우리의 지난 시간을 지워버리고, 어딘가로 보내질지 모른다는 지독한 불안감만 남겼나 보다. 할머니는 눈물을 보이면서 고맙다는 말만 계속했다. 그렇게 48시간의 섬망 소동은 막을 내렸다.

그 후로 두 번의 섬망이 또 다녀갔다. 2주 간격으로 나타났던 두 번째, 세 번째 섬망을 마주했을 때 우리는 더 이상 당황하거나 절망하지 않았다. 나름 노련하고 차분하게 이틀 동안 지속되는 두 번의 섬망을 잘 견뎌나갔다. 뜨개질과 같이 집중할 수 있는 일을 찾아 할머니 손에 쥐어주고, 병원에서 추가로 처방받은 약을 꾸준히 먹게 하고, 한 명씩 교대로 잠을 자가면서 말이다. 첫 섬망이 나타났을 때부터 시작됐던 혼잣말 증상은 지금도 계속되고 있다. 하지만 다행히 네 번째 섬망 증상은 여태 나타나지 않았다. 할머니는 안정을 되찾았고, 엄마와 나도 이제는 혼잣말 소리가 그리 괴롭지 않다. 그토록 우리 가족을 힘들게 했던 섬망은 지나가는 폭풍에 불과했던 거였다.

체력이 모두 소진된 상태에서 사랑하는 사람에게 낯섦을 느끼게 되면 참을 수 없는 절망감을 경험하게 되고, 한계에 다다라 전부 그만두고 싶다는 생각에 이른다. 할머니의 섬망처럼 잠깐 지나가는 폭풍일 수도 있는데 말이다. 얼마 전 엄마와 얘기하다가 할머니의 첫 섬망이 생각나 그때를 추억한 적이 있다. 그 당시에는 참 많이도 힘들었는데 우리는 계속 중얼거리던 할머니가 "그것도 무슨 조화 속이여. 인자 말허기 싫어"라고 했던 그때가 생각나 웃음이 터져버렸다.

폭풍이 휩쓸고 지나갔다고 해서 모든 집이 무너지지는 않는다. 혹여나 집이 무너졌을지라도 더 튼튼한 집을 지어가며 삶은 계속된다. 우리는 섬망이 몰고 온 낯섦과 절망을 견뎌내며, 일상을 다시 일으켜 세우는 법을 배웠다.

기억

23

이 할머니는 치매가 아닙니다

"정정한 할머니에게 치매 딱지를 붙이는 손녀."
"이 할머니는 절대 치매가 아닙니다."

할머니가 MBTI 성격 테스트를 받는 영상과 구독자들의 고민을 상담해주는 영상이 업로드됐을 때, 어떤 사람들은 할머니의 치매 사실 여부를 의심했다. 치매 노인치고는 말을 잘한다는 이유에서였다. 처음 그런 댓글을 봤을 때는 손을 덜덜 떨며 구구절절 설명을 남기기도 했다. 그런데 빨래를 접고 뿌듯해하는 할머니 영상에까지 정말 치매가 맞냐는 댓글이 달리자 나는 설명을 포기하기에 이르렀다. 할머니는 단지 평생에 걸쳐 길러온 표현력을 잃지 않은 것뿐이고, 지겹도록 해왔을 빨래 접는 방법을 잊지 않은 것뿐인데…. 어디서부터 어떻게 설명해야 할지 막막했다. 내가 느끼기에 그 질문은 진작 사라져야 했을 할머니의 정체성이 왜 지금까지 남아 있냐고 묻는 것과 같았다.

한편으로는 내가 할머니의 심한 치매 증상보다는 기억하고 싶은 유쾌한 모습들을 주로 영상에 담아왔던 터라 오해의 소지가 있을 수 있다는 생각이 들기도 했다. 사실 나도 할머니가 성격 테스트를 받을 때 의사 표현을 정확하게 하는 건 물론이거니와 다소 어려운 질문에도 자신의 성향을 망설임 없이 이야기하는 모습에 적잖이 놀랐으니까.

생각해봤다. 내가 치매를 직접 겪어보지 않았다면 우리 할머니처럼 말을 잘하는 할머니를 치매 환자라고 생각할 수 있었을까? 돌이켜보니 과거의 나 역시 치매를 '언어능력을 잃어버릴 뿐 아니라 가족조차 알아보지 못하고, 먼 훗날 벽에 똥칠하는 병'으로 막연하게 생각했던 사람이었다.

왜 우리는 한 사람에게 치매라는 단어가 붙었을 때 그 단계가 초기인지 중기인지 말기인지는 상관하지 않고 모든 인간다움을 잃어버린 사람으로 쉽게 간주하게 된 걸까? 나는 치매에 대한 잘못된 인식의 책임은 그 8할이 매스컴에 있다고 생각한다.

할머니가 암 진단을 받기 전, 한 건강 프로그램에서 우리 삼대의 일상을 방송에 담고 싶다는 출연 제의가 들어왔다. 내 채널 영상 중에 엄마와 내가 할머니 간병에 대해 대화하는 영상이 하나 있는데, 그와 비슷한 취지의 방송이라는 작가의 설명에 우리는 제안을 받아들였다.

촬영하던 날, 낯선 사람들의 방문에 긴장한 할머니가 정신의 끈을 꽉 붙들었는지 평소보다 치매 증상이 훨씬 적게 나타나자 피디는 걱정하기 시작했다. 할머니가 치매 환자처럼 보이지 않는다는 게 이유였다. 급기야 치매 진단서를 보여줄 수 있냐고까지 물었다. "내 이름이 뭐야? 엄마 이름은?"과 같은 간단한 질문에 할머니가 답을 똑바로 할 때면, 실수하는 장면을 촬영하고 싶다며 같은 질문을 반복해달라고 요구했고, 결국 치매 노인의 흐릿한 모습을 충분히 찍지 못했다면서 다음 날까지 촬영을 이어가면 안 되겠냐고 물어왔다. 그들의 태도가 당황스럽고 불쾌했던 우리는 그 부탁을 단칼에 거절했지만, 촬영이 끝난 후에도 찜찜함과 불쾌함은 한동안 계속됐다.

방영 날짜가 되어 텔레비전 앞에 앉은 엄마와 나는 아연실색하고 말았다. 열두 시간 가까이 진행했던 촬영에서 힘든 이야기를 한 건 한 시간도 채 되지 않았는데 방송 속 우리 모녀는 치매 할머니를 보살피다 지쳐버린 안타까운 보호자가 되어 있었다. 영상 마지막 즈음에는 할머니를 돌보면서 가장 힘들었던 점이 뭐였냐는 질문에 대한 대답만 똑 잘려서 편집되어 있었고, 그다음 장면에는 치매 환자 보호자의 자살률 그래프가 나왔다. 그 후로 나는 삼대가 함께 출연해달라는 방송 제안과 건강 프로그램 출연 요청은 모두 거절하고 있다.

다른 한 프로그램 섭외 과정에서는 방송 작가가 내게 이런 질문을 한 적도 있었다.

"유튜브로 보기에 할머니가 치매인 게 잘 느껴지지 않는데, 혹시 손녀분이 할머님의 화를 돋워서 증상을 보이게 해주실 수 있나요?"

말도 안 되는 요구였다. 자기 가족이라면 그런 요구를 할 수 있었을까? 그렇게 촬영한 결과물은 누굴 위한 것일까?

물론 좋은 사람들도 있었다. 1년이 넘는 시간 동안 노인의 마지막에 대해 열과 성을 다해 취재한 방송 작가, 치매를 올바로 인식한 상태에서 다양한 사례를 담으려고 계속 공부하던 피디, 내가 말하고자 하는 바를 있는 그대로 존중해주었던 촬영팀까지. 그들과 이야기를 나누는 건 무척 유쾌하고 즐거운 일이었다. 그러나 안타까웠던 것은, 치매의 힘든 모습을 부각해서 시청률을 끌어내려는 방송 프로그램의 비중이 훨씬 높았다는 점이었다.

"치매에 대한 경각심을 일깨우고자…."

방송 작가들이 보낸 섭외 메일에 심심치 않게 적혀 있는 말이다. 치매 환자 100만 시대에 왜 아직도 치매에 대한 경각심을 일깨우는지 모르겠다. 치매의 절망스러운 면이 담긴 장면 뒤로 운동이나 음식을 통한 치매 예방법이 등장하는 틀에 박힌 방송은 시청자들로 하여금 '저렇게 되느니 죽는 게 낫지' 또는 '치매에 걸리지 않으려면 뭘 먹고, 무슨 운동을 해야겠다'라는 일차원적 생각을 유도할 뿐이다. 나는 방송 매체들이 경각심을 일깨우기에 앞서, 치매가 어떤 병인지 깊이 있게 다루는 게 순서라고 생각한다.

이제까지 매스컴에서 절망스러운 치매를 많이 다뤘던 만큼, 이제는 치매 초기, 중기, 말기에 따라 달라지는 치매 환자들의 모습이 거짓 없이 그대로 방송됐으면 좋겠다. 치매가 주제라고 해서 환자들이 실수하는 장면만 골라 방송에 넣는 게 아니라, 우리 할머니같이 말하는 걸 좋아하던 사람은 치매여도 말을 재미있게 잘하고, 피아니스트였던 치매 환자는 피아노를 잘 치고, 키보드만 두드리면 정신이 명료해져 치매에 걸린 상태로 책까지 낸 사람도 있다는 사실이 더 많이 알려져야 한다. 매스컴에서는 초기와 중기 단계를 지나고 있는 치매 환자가 할 수 있는 일이 많다는 걸 더 적극적으로 보여주어야 한다.

이런 프로그램을 상상해본다. 〈금쪽같은 내 새끼〉와 같은 솔루션 프로그램이 치매에도 대입된다면 어떨까? 이상행동이 나타나는 원인을 의학적으로만 다루는 게 아니라, 환자의 심리적인 부분까지 살펴본 후에 해결책을 제시하고 개선된 사례를 보여주는 것이다. 할머니에게 나타났던 섬망 증상이 가라앉기 시작했던 건 할머니가 병원에서 처방받은 안정제를 복용함과 동시에 심리적 안정감을 되찾으면서부터였다. 그런데 만약 우리가 이전에 이와 비슷한 사례를 방송을 통해 접한 적이 있다면, 섬망이라는 증상에 절망하기 보다는 할머니가 심리적으로 안정될 수 있는 방법을 더 빨리 모색할 수 있지 않았을까.

이러한 시도를 통해 치매 환자들 각각이 다른 모습을 가지고 있으며, 증상도 다양하다는 것에 주목하는 방향으로 나아가야 한다. 유튜브를 시작하고 가장 경계했던 부분은 할머니의 심한 증상을 촬영하지 않는 것이었다. 할머니의 존엄성과 고유함을 지키기 위해서였다. 나는 나의 할머니가 치매를 대표하는 이미지로 사람들에게 인식되는 것을 원치 않는다. 그래서도 안 된다. 매스컴에서도 마찬가지다. 치매 말기 환자의 모습을 함부로 치매의 이미지로 몰아가서는 안 된다. 치매에는 다양한 모습과 증상, 단계가 있고, 환자의 개별성이 존재한다. 그 다양성을 납작하게 만들지 않고 있는 그대로 보여주기만 한다면 치매 인식은 개선되기 시작할 거라고 믿는다.

치매는 끝이 보이지 않는 터널로 자주 비유된다. 언제 끝이 날지 알 수 없는 터널에 들어서면 누구든지 두려움을 갖게 되기 마련이다. 우리 가족 역시 그 터널 안에서 많이도

싸우고 울었다. 그러나 지금 우리는 터널 중간 어디쯤에서 웃으며 걷고 있다. 그 변화의 시작은 할머니에게서 아직 사라지지 않은 것들을 지켜주려고 노력하면서부터 찾아왔다. 할머니는 시간이 지날수록 조금씩 흐릿해지고 있고, 어쩌면 우리 삼대가 지나는 터널의 끝이 아름답지 못할 수도 있지만 그 여정이 절망스럽지만은 않다는 것, 중간에 꽃밭도 있고 해가 들어오는 공간도 있다는 걸 알게 되면서부터 나는 그 끝이 두렵지 않게 되었다.

오늘 저녁, 말 하나는 똑 부러지게 하는 나의 할머니는 우리 가족의 이야기를 책으로 쓰고 있다는 내 말에 어제도 했던 말을 하며 방긋 웃었다.

"우리 영롱이 덕분에 내가 뜨느만!"

터널에 꽃이 피는 순간이다.

기억

24

뜨거운 감자, 요양원

현실적으로 치매 노인과 함께 살기 위해서는 많은 조건이 갖추어져야 한다. 우리 가족은 모든 환경이 딱 맞아떨어졌다. 먼저, 할머니를 집에서 모시고자 하는 엄마의 의지가 있었고, 엄마에게는 그걸 반대하거나 부담스러워할 배우자가 없었다. 시간이 지날수록 점점 늘어나는 돌봄 비용은 엄마와 내 수입, 재섭 삼촌의 보훈 급여로 충분히 감당할 수 있는 정도라서 삼대가 함께 생활하기에 금전적인 부분이 문제가 된 적은 없었다. 직업도 마찬가지였다. 엄마와 나는 집에서 온라인 쇼핑몰 사업을 했기 때문에 할머니를 늘 곁에서 지켜볼 수 있었다. 보호자가 두 명이라는 점도 큰 장점이었다. 함께 외출하기는 힘들어도, 한 사람이 외출하면 다른 한 사람이 할머니를 지키는 식으로 일주일에 한 번 정도는 개인 시간을 보내며 쉴 수 있었다. 무엇보다 힘들 때 의지할 사람이 옆에 있다는 게 정신적 피로를 느낄 때마다 큰 위로가 됐다. 만약 혼자였다면… 다른 환경들이 완벽했어도 지금처럼 안정적으로 할머니를 돌보지는 못했을 것 같다.

지난 가을, 우리 집의 환경과 사람들의 시선에 대해 조목조목 생각해보게 된 계기가 있었다. 내 채널이 조금씩 성장하면서 언론사를 비롯한 여러 매체와 인터뷰를 할 기회가 종종 생겼던 것이다. 인터뷰 내용은 주로 할머니와 함께 유튜브 영상을 촬영하면서 치매 증상이 어떻게 완화됐는지, 유튜브를 왜 시작하게 된 건지, 할머니는 내게 어떤 존재인지와 같은 내용이었다. 그런데 나중에 그 결과물을 확인해보면 일부 매체에서 내 인터뷰 내용과는 큰 관련이 없는 '요양원'이라는 단어를 제목이나 부제로 넣는 일이 생겼다. 심지어 한 매체와 촬영한 유튜브 영상은 섬네일 이미지의 제목이 '치매 할머니를 요양원에 모셔야 할까요?'였던 적도 있었다. 애초에 할머니를 요양원에 보낼 생각이 없었던 나로서는 깜짝 놀랄 일이었다. 나는 그 이유를 영상과 기사에 달린 댓글을 읽으면서 알 수 있었다.

"누구는 좋아서 부모님을 요양원에 보내나?"
"요양원에는 절대 보내면 안 됩니다."
"심한 치매를 겪어봐야 정신을 차리지."

치매를 둘러싼 세계에서 '요양원'은 뜨거운 감자였다. 처음에는 내 인터뷰 내용과는 동떨어진 요양원 찬반 논란과 우리가 집에서 할머니를 돌볼 수 있는 이유를 마음대로 추측하는 댓글들이 당황스러웠다. 죄책감이 느껴져서 우리 가족의 영상을 안 보게 된다는 글을 봤을 때는 속상했다. 우리의 모습이 부모님을 요양원에 보낸 사람들에게는 아픈 자극이 될 수도 있다는 걸 그때 알았다.

요양원은 왜 보호자에게는 죄책감을, 환자에게는 서글픔을 불러일으키는 시설이 되었을까? 왜 우리 가족의 모습을 보면서 요양원을 떠올리게 되었을까? 좀 더 알아보고 싶다는 생각이 들었다.

방송 매체를 통해 요양원에서 발생한 사건 사고들을 심심치 않게 봐왔던 나 역시 요양원 하면 '노인의 결정권이 존중되지 않고, 사고를 방지하기 위해 자유를 제한해 존엄성이 지켜지지 않는 공간'일 거라는 막연한 인식이 있었다. 거기서 기인하는 돌봄의 질에 대한 불안이 보호자에게 죄책감을 불러일으킨 게 아닐까 싶었다. 그렇다면 요양원 환경의 평균을 일정 수준으로 맞출 수 있도록 제약을 두면 될 텐데, 왜 오랜 시간 동안 개선되지 않았을까? 경험해보지 않은 일이라 궁금증은 더 쌓여갔다.

요양원에 방문해 어르신들의 머리를 손질해주는 사업을 하는 친구에게 전화를 걸었다. 이 친구는 최근 상황이 여의치 않아 얼마 전까지 어머니와 함께 돌보던 할아버지를 요양원에 모셨다고 했다.

"이나 씨, 부모님을 요양원에 보낸 사람들이 왜 죄책감을 느낀다고 생각해요?"

"음… 저는 사회의 부정적인 인식이 죄책감을 느끼게 만든다고 생각해요. 왜냐하면 저희도 요양원에 대한 안 좋은 얘기를 너무 많이 들어왔던 터라, 처음에는 할아버지를 요양원에 모시는 결정을 내리는 게 엄청 힘들었거든요. 길을 걷다가 울기도 했어요. 그런데 저희가 선택한 요양원은 다행히 좋은 곳이었어요. 요양원에 입소하기 전에, 할아버지의 성향이나 성격, 생활 습관 같은 걸 먼저 다 얘기하거든요. 그럼 비슷한 성향의 사람과 같은 공간을 사용할 수 있도록 방을 배정해줘요. 몇 인실로 들어갈 건지도 추천해주고요. 그렇다 보니 할아버지가 거기서 사회적 관계를 다시 맺게 되더라고요. 얼마 전에 할아버지가 계신 요양원으로 미용 서비스를 나가서 뭐 하고 계시나 몰래 봤거든요? 종이접기 한 거를 옆에 계신 할머님께 보여주면서 재밌게 얘기하고 계시더라고요. 오히려 집에 계실 때보다 잘 지내시는 거 같아서 이제는 마음이 놓여요."

이나 씨가 얘기해준 요양원의 현 상황은 내가 생각했던 것과 무척 달랐다. 덧붙여 서울, 경기, 부산과 같은 대도시들은 요양원이 워낙 많다 보니 시설이나 노인 대우, 돌봄 방식이 점점 상향 평준화되고 있으며, 노인의 개인 성향과 성격을 고려해서 1인실부터 6인실까지 다양한 선택을 할 수 있도록 바뀌는 추세라고 했다.

나는 그 말을 듣고 깜짝 놀랐다. 한 공간 안에 침대가 쭉 놓여 있고, 그곳에 환자들이 두 줄로 누워 있는 요양원은 이제 옛날얘기가 된 것이다. 요양원 안에서 사회적 관계를 다시 쌓는 경우도 많다는데, 여태 그곳을 사회로부터 소통이 단절될 수밖에 없는 곳으로 여기고 있었다. 나는 치매에 대한 사람들의 부정적인 인식은 안타까워했으면서도, 요양원에 대해서는 내가 가진 인식이 편견일 거란 생각을 전혀 하지 못했다.

반면, 요양원별로 노인 돌봄의 질 차이가 크다는 점은 내 예상이 맞았다. 장기요양기관 평가에서 같은 A등급을 받은 요양원일지라도 직접 방문해보면 운영 상태의 차이가 크다는 거다.

"욕구, 그러니까 노인이 뭔가를 하고자 하는 그 마음을 좀 눌러야 해요."

이나 씨가 경력 15년차인 사회복지사에게 들었던 말이다. 그는 화장실에 오가는 중에 발생하는 낙상 위험을 막으려면 기저귀를 하지 않아도 되는 노인에게도 밤마다 기저귀를 채워야 한다고 했다. 같은 A등급을 받은 요양원인데 어떤 곳은 방마다 CCTV를 설치해 노인이 밤에 화장실에 가려고 움직이면 요양보호사가 가서 도움을 주고, 어떤 곳은 화장실에 직접 걸어서 가고자 하는 노인의 욕구마저 허락하지 않고 있다는 건 상당한 차이였다. 요양보호사 한 명당 담당하는 노인의 수도 각기 다르다고 했다. 요양보호사 한 명이 10명 이하의 환자를 담당하는 곳이 있는가 하면, 13명의 환자를 담당하는 곳도 있고 최악의 경우는 50명을 담당하게 되는 시간대도 있었다.

비용이 높다고 해서 꼭 좋은 요양원이라는 보장도 없다는데, 같은 등급의 시설끼리도 이렇게 차이가 크다면 보호자는 요양원을 어떻게 알아보고 선택해야 하는 걸까? 많은 전문가들이 나라에서 평가하는 기준을 좀 더 엄격하게 바꿔서 요양원이 제공하는 돌봄 서비스의 평균치를 맞추고, 요양보호사가 담당하는 노인의 수도 좀 더 확실하게 제한해야 한다는 의견을 내고 있었다.

이런저런 이야기를 나누다 보니 부모님을 요양원에 보낸 보호자들이 죄책감을 느끼는 이유를 한 가지로 단정할 수 없다는 생각이 들었다. 요양원별 돌봄의 질 차이에서 비롯된 과도한 책임감과 불안감, 사회의 부정적인 시선에서 받게 되는 위축감, 부모를 직접 돌볼 수 없는 상황에 대한 미안함, 그곳 생활에 잘 적응하지 못하는 부모를 바라만 봐야 할 때 겪는 무력감…. 이와 같은 감정들이 뒤섞여 요양원이라는 단어는 그토록 민감한 단어가 될 수밖에 없었나 보다.

그런데 참 아이러니한 점은 집에서 할머니를 모시는 우리도 그런 뒤섞인 감정들을 느낀다는 것이다. 간병 스트레스에 나도 모르게 화를 냈던 날이면 어김없이 후회와 죄책감이 밀려왔고, 자유를 잃어버린 것 같아 억울함이 밀려올 때면 할머니에게 받았던 사랑이 동시에 떠올라 미안한 감정에 마음이 무거워졌다. 지금은 자유나 스트레스보다는 내가 뭔가를 잘못해서 할머니의 건강이 나빠지는 건 아닌지 불안하다. 우리가 전문가는 아니다 보니 할머니가 잘못되면 다 엄마와 내 책임인 것만 같아서 부담감을 느낄 때도 있고, 시시각각 변화하는 할머니의 컨디션에 따라 걱정과 기쁨이 수시로 오간다.

집에서 부모님을 돌봤던 사람들은 내게 비슷한 내용의 댓글을 남기곤 하는데,

"살아 계실 때 잘해드리세요. 저도 엄마를 10년 모셨고 지금은 돌아가셨지만, 못 해드려서 후회되는 것만 자꾸 생각나거든요."

결국 집이냐 요양원이냐 하는 문제는 어떤 선택을 하든 후회와 죄책감이 남을 수밖에 없는 것 같다. 사랑하는 사람

의 마지막을 결정하는 일 앞에서 의연할 수 있는 사람은 결코 없다. 이런 흐름대로 생각을 뻗어나가다 보니 무언가를 빠트리고 있다는 생각이 들었다. '노인의 결정권'이었다.

EBS 다큐프라임 〈내 마지막 집은 어디인가〉 2부를 보면 이런 말이 나온다.

"노인을 배제한 채 노인의 일을 정하지 말라."

노인의 안전을 보장하는 동시에 그들의 존엄성도 지키기 위해 우리가 정말 고민해봐야 하는 문제는 이것이다. 보호자 또는 요양 시설이 노인의 삶을 어디까지 결정할 수 있을지 폭넓게 논의해야 한다. 치매의 진행 단계와 노인의 건강 상태에 따라서 각기 달라질 이 균형이 잘만 잡힌다면 요양원, 사회제도와 지원, 사회적 인식은 자연스럽게 올바른 방향으로 흘러가게 될 거라고 믿는다. 뜨거운 감자가 천천히 식어가듯 말이다.

나는 그 고민의 첫 발걸음이 '만약 나라면'이라는 말로부터 출발했으면 좋겠다.

'만약 나라면, 삶의 마지막 즈음에서 어떤 인간다움을 지키고 싶은가? 포기할 수 있는 인간다움이 있다면 어떤 것인가?'

천천히 생각하다 보면 불필요한 논란은 사라지고, 결국 끝까지 지켜져야 할 인간의 존엄성만이 남는다.

기억

25

할머니의 삶은 여전히 진행 중

"엄마, 일어나!"

귀가 어두운 할머니를 깨우는 엄마의 큰 목소리로 우리 가족의 하루는 시작된다. 할머니가 인슐린 주사를 맞는 아침 8시에 삼대가 함께 기상한 지는 벌써 10년이 넘었다. 작년까지만 해도 소가 핥고 지나간 듯한 뻗친 머리를 하고 티셔츠를 스윽 걷어 올리며 잠자코 주사를 기다렸던 할머니는, 해가 바뀔수록 더 어린아이가 되어 잔뜩 겁에 질린 표정으로 이불을 턱 밑까지 끌어올리고 물어온다.

"그거 많이 아플까?"

엄마는 귀여워 죽겠다는 표정으로 할머니의 배에 인슐린 주사를 놓는다. 예전에는 살에 파묻혀 보이지 않았던 배꼽이 훤히 드러나 있다. 할머니가 화장실에서 밤사이 무거워진 기저귀를 교체하고 나오면 아침 식사가 시작된다. 나는 그때 식탁 앞에 앉아 있는 할머니를 뒤에서 꼭 안고 잘 잤냐는 인사를 나누는데, 요즘에는 이 포옹이 더욱 애틋하다. 늘 둥글고 푸근했던 할머니의 어깨와 배에서 하루가 다르게 딱딱한 뼈가 만져지기 때문이다. 내가 사랑하는 할머니의 통통했던 양 볼에 움푹 팬 그림자가 나타나는 걸 볼 때면 나도 모르게 자꾸 이곳저곳을 쓰다듬게 된다.

떡과 과일이었던 점심은 과일 몇 조각으로 바뀌었다. 엄마는 잠에 취한 할머니를 일으켜 먹기 싫어하는 아이를 구슬리듯 이 방법, 저 방법을 써가며 할머니 입에 과일을 넣어준다. 점심 기저귀를 교체하고 할머니가 방에 들어가면, 어두운 표정으로 나지막이 말하는 엄마의 목소리가 들린다.

"기저귀에 계속 피가 묻어 있네."

늦은 오후엔 늘 거실 소파에 앉아 창밖을 바라보던 할머니는 점점 거실로 나오는 횟수가 줄어들더니 이제는 침대에 누운 채 잠만 잔다. 엄마가 저녁 식사를 준비할 동안, 나는 할머니를 깨워 화장실로 데려가 기저귀를 교체하고 함께 식탁에 앉는다. 나박김치를 만들면서 추억을 얘기했던 때가 그리 오래된 것 같지 않은데, 할머니는 이제 우리의 얘기에 희미한 미소만 지을 뿐, 많은 말을 하진 않는다. 저녁 식사 후에 한 시간은 거뜬했던 할머니와의 대화 시간도 15분 정도로 줄어들었다. 몇 마디 말을 나누고 최근 있었던 일들을 할머니 귀에 대고 종알거리다 보면 짓무른 눈꺼풀 사이로 졸린 눈이 보인다. 그럼 나는 점점 멍해지는 할머니를 일으켜 방으로 데려간다. 잠자리를 봐주고 이불을 덮어주면 할머니는 한 손으로 내 손을 꼭 잡고 다른 한 손으로는 내 손등을 두드리며 고마운 마음을 표현한다.

약 두어 시간이 지나면 혼잣말이 시작된다. 나를 참 괴롭게 했던 이 혼잣말도 시간이 지나면서 많이 바뀌었다. 내 방문 너머까지 들릴 정도로 컸던 목소리는 점차 작아지더니 이제는 속삭이는 소리가 되었다. 잠이 많아진 할머니가 어쨌든 그 시간은 깨어 있다는 얘기니, 요즘은 그 소리가 오히려 반갑게 느껴지기까지 한다.

얼마 전에는 화장실에서 할머니 방까지 이어지는 바닥에 형광 테이프를 이어 붙였다. 어둠 속에서 침대를 찾는 게 어려워진 할머니를 위해 우리 모녀가 생각해낸 길잡이다. 이 테이프를 바닥에 붙인 후로는 길을 못 찾아 보행기가 계속 벽에 부딪히는 일은 줄었지만 또 다른 변화가 생겼다. 화장실에 한번 들어가면 절대 나오지 않는다는 것. 아무래도 할머니는 변기에 앉은 채로 계속 혼잣말을 이어가다가 새벽 2시고, 4시고 상관없이 자기만의 세상 속으로 빠져드는 거 같다. 그때는 엄마나 내가 할머니를 일으켜 우리가 있는 세상으로 다시 데려온다. 횟수는 예전보다 줄었지만 사라진 줄 알았던 기저귀 실수도 최근에 다시 시작됐다.

외출도 힘들어졌다. 한번 외출했다 들어오면 며칠씩 혈뇨가 나오는 데다 어디 부딪힌 적도 없는데 발등에 멍이 생기는 통에 이제는 나가는 것도 조심해야 하는 상황이 됐다. 하지만 엄마와 나는, 적응했다고 생각하면 또 다른 증상이 튀어나오고, 그 증상에 적응하면 또 생각지도 못한 증상이 나타나는 할머니의 변화에 더 이상 일희일비하지 않는다. 그리고 할머니는 그 변화무쌍한 과정을 반복하며 서서히 흐릿해지는 중이다.

그러나 불안한 일상에도 반짝거리는 순간들은 있다. 아침에 할머니의 어깨와 배를 쓰다듬는 나를 볼 때마다 할머니는 열 번이면 열 번, 방긋 웃는다. 그럼 나는 '오늘 하루도 잘 살아보자'라는 생각을 하며 기분 좋게 하루를 시작한다. 아침마다 할머니의 눈을 가리고 "누구게?"라고 물으면 아주 씩씩한 목소리로 "영롱~이!"라고 말하는 할머니는 예전 그대로다. 한동안 식사 거부가 이어지는 탓에 우리의 애간장을 녹였던 할머니가 밥 한 그릇을 뚝딱할 때면 엄마와 나는 박수갈채를 보내며 엄지손가락을 치켜세운다. 그때는 할머니의 앞니 빠진 웃음까지 볼 수 있다. 저녁 먹고 '쎄쎄쎄'와 '가위바위보'까지 마치면 할머니가 하루 중 제일 환하게 웃는 시간이 찾아온다. 누가 이기든 상관없다. 아이가 된 할머니는 요즘 화투보다 가위바위보를 훨씬 재미있어 한다. 할머니를 운동시킬 때 엄마가 "오리!"라고 외치면 할머니는 "오리!"라고 따라 하고, "꽥꽥!" 하고 외치면 "꽥꽥!" 하고 따라 하는데, 그런 두 사람의 모습은 마치 노을 지는 하늘 같이 아름답다. 할머니가 흐릿한 와중에도 찾아오는 절대 잊고 싶지 않은 순간들이다. 그 앞에서는 불안한 마음도, 할머니의 병도 우리에게서 잠시 물러난다. 우리 셋이 가장 완벽한 행복을 느낄 수 있도록.

어떤 사람들은 몇 년이 지나면 할머니의 풍부한 표현 능력도 사라질 것이고, 가족도 알아볼 수 없을 거라고 예언한다. 나 역시 우리의 노력에도 불구하고 치매가 할머니의 의식을 천천히 덮고 있다는 걸 모르는 바는 아니다. 하지만 그것이 지금부터 할머니의 미래를 단정하고 현재를 제한할 수 있는 이유라고는 생각하지 않는다.

사람들이 각기 다른 인생을 살아온 것처럼 치매는 그 증상의 종류도, 진행 속도도 사람마다 다 다르다. 그 마지막도 마찬가지다. 치매가 말기까지 진행되어 가족을 못 알아보고 언어능력마저 잃어버리는 사람이 있는가 하면, 마지막까지 중기 상태로 머무는 사람도 분명히 존재한다. 사람마다 각자 다른 인생을 산다는 건 너무나 당연한 이야기인데, 왜 치매 환자의 마지막에는 똑같은 프레임을 씌우려 하는 걸까?

누구에게도 한 사람의 마지막을 함부로 단정 지을 권리는 없다. 마지막을 앞둔 노인에게 우리가 해야 할 일은, 자꾸만 어두워지는 삶에서 위태롭게 빛나고 있는 그 반짝임을 어떻게 지켜줘야 하는가에 대한 고민과 노력이다.

할머니가 치매와 암에 걸린 건 우리가 선택할 수 없는 일이었다. 그러나 행복과 존엄이 지켜지는 삶은 우리가 얼마든지 선택할 수 있다. 나는 점점 말라가는 할머니의 마지막을 겁내면서 모든 걸 손 놓고 있기보다는, 현재 우리 곁에서 빛을 내는 그 찰나들을 소중하게 여기며 함께 행복하게 웃는 걸 택하겠다. 밥 한 숟갈을 푹 떠서 복스럽게 입에 넣는 일처럼 예전에는 너무나 평범해서 지나쳤을 순간들이 지금은 우리를 멈춰 세우고 활짝 웃게 하는 순간이 되었듯이. 그런 장면들을 더 많이 담아두고 싶다. 흐릿해지는 할머니의 몫까지 가득.

오늘은 종일 하늘이 흐리더니 바깥에 비가 내린다. 할머니는 내내 흐릿했다. 섬망이 가라앉으면서 안정제의 복용 주기도 길어졌는데, 약을 먹어야 할 때가 된 거다. 저녁에 약을 먹었으니 아마 내일은 반짝이는 순간들이 오늘보다는 많을 거다. 그럼 엄마와 나는 그 반짝임이 기뻐서 깔깔거리며 웃겠지. 할머니의 삶은 여전히 진행 중이다.

기억

26

할머니의 장례식에 초대합니다

할머니의 장례식을 상상해볼 때가 있다. 살이 빠져서 뼈가 드러나기 시작한 할머니의 어깨와 볼을 쓰다듬을 때마다 손끝에 앙상한 촉감이 느껴지면 나도 모르게 언제 다가올지 모를 이별의 시간을 가늠해보게 된다. 사랑하는 존재를 잃게 된다는 두려움은 곧 나를 상상 속 장례식장으로 끌고 간다. 상복을 입고 사람들을 맞이하느라 정신없는 가족들, 술 한잔 기울이며 고인의 이야기를 몇 마디 나누다가 서로의 소식을 전하는 조문객들, 향냄새와 술 냄새, 낮은 울음소리와 소곤거림이 혼재되어 흐르는 공기조차 무거워지는 공간…. 장례식장의 흔한 풍경을 상상해볼 때면 내 머릿속에는 흑백의 이미지들이 화로에 떨궈지는 재처럼 텁텁하게 쌓였다.

고급스러운 관, 좋은 원단으로 만든 수의, 터가 좋은 장지처럼 장례를 치르는 데 필요한 것들은 효도의 또 다른 척도가 되어 이제 막 사랑하는 사람을 잃은 가족들에게 수많은 선택지를 남긴다. 그 과정에서 고인과의 이별에 대해 조용히 생각해볼 시간을 갖는 건 힘들다. 그렇다면 장례가 치러지는 긴 시간 동안 혼자 누워 있는 고인은 어떨까? 한 삶을 살아내느라 고생 많았다고 격려받아도 모자랄 판인데 차디찬 영안실에 가만히 누워 사람들이 마지막 인사를 건네주길 기다리는 투명한 모습이 상상된다. 어쩌면 우리는 고인의 마지막 길을 너무 정신없이 배웅하고 있는지도 모르겠다.

나는 할머니 삶에 외로운 순간이 많았던 만큼 떠나는 그 길만큼은 외롭지 않았으면 한다.

"너무 외로우믄 그냥, 여기를 우선 벗어나야겄다 이렇게 생각해. 굴속 같은 데 있으면, 거 쓰겄어?"

"할머니는 혼자 있는 게 싫구나?"

"혼자 싫어해."

할머니와 함께 MBTI 성격 테스트 영상을 촬영했던 날, 할머니는 혼자 있는 게 외로워서 싫고, 사람들을 만나 소통하는 게 좋다고 말했었다. 할머니 홀로 떠나는 마지막 여행길이 굴속같이 침침하다면 그곳을 얼른 벗어나고 싶어 할 것만 같았다. 할머니의 장례식에서 내가 나설 순간은 바로 그때다.

유튜브를 시작하면서부터 나는 할머니와 세상을 연결해주는 '다리' 역할을 해왔다. 평범한 일상을 보내던 할머니는 카메라 너머에 있는 세상을 향해 자신을 마음껏 표현했고, 사람들은 할머니의 영상에 응원과 사랑이 담긴 댓글을 남겨주었다.

"우리 영롱이… 내 눈이여, 눈. 모든 걸 일러주고 가르쳐주는 눈."

할머니가 얼마나 사랑받고 있는지를 알려주고 싶어서 구독자들의 댓글을 읽어주었던 날, 할머니가 내게 한 감동적인 말이다. 그 한마디가 내 시선을 따뜻한 쪽으로 향하게 만들고 나는 할머니의 눈이자 다리가 되어 세상의 고운 모습들을 함께 보고 나눴다. 그러자 할머니는 난생처음으로 지금이 가장 행복하다는 말을 엄마와 내게 들려주었다.

나는 할머니의 마지막도 지금처럼 밝았으면 좋겠다. 할머니를 위한 장례식은 어떤 모습이어야 할까? 상상은 자유이니 할머니의 '눈'이자 '다리'인 내가 생각한 행복한 장례식에 여러분을 초대해보려고 한다.

할머니가 떠난 후, 가족들이 장례에 필요한 요소들을 논의하고 절차를 따를 동안 나는 추모 영상부터 만들어 채널에 온라인 빈소를 마련할 거다. 영상은 할머니의 웃는 얼굴과 호탕한 웃음소리, 우리 삼대가 함께 사랑을 표현하던 모습들을 가득 담겠다.

'할머니를 사랑해주었던 모든 사람이 따뜻한 말 한마디를 남길 수 있는 순수한 공간'. 노병래 할머니의 온라인 빈소는 그런 공간이 되었으면 좋겠다.

우리가 함께 크리스마스트리를 만들었던 날 이후, 한밤중에 트리 불을 켜놓으면 할머니는 보행기를 끌고 화장실로 걸어가다가 멈춰 서서 트리와 나를 번갈아 보며 매번 환한 웃음을 짓곤 했었다. 그 불빛은 할머니에게 단순한 장식 이상이었다. 어두운 밤, 화장실에 다녀오는 할머니가 방을 잘 찾을 수 있도록 도와주고, 볼 때마다 마음을 반짝이게 해주는 사랑스러운 길잡이였다.

나는 할머니의 온라인 빈소에 사람들이 남겨줄 진심 하나하나가 트리를 예쁘게 밝히던 수백 개의 불빛과 같을 거라고 생각한다. 내가 놓은 다리를 건너 할머니 섬에 들른 사람들의 고운 마음은 할머니의 긴 여행길을 따뜻하게 채울 것이다. 한밤중에 할머니가 벽에 부딪히거나 넘어지지 않도록 거실을 밝혀주었던 전구들의 불빛처럼. 그 여행길의 시작이 낯설고 외로울지라도 할머니는 한 사람, 한 사람의 마음을 이정표로 삼아 금세 아이 같은 미소를 되찾겠지. 그리고 더 이상 외로울 일 없고 아플 일 없는 곳을 향해 할아버지를 만나러 가벼운 발걸음을 옮기게 될 거다.

3일간의 장례식을 마치면 엄마와 나는 한적하고 조용한 여행지에서 한숨 돌리며 미처 정리하지 못한 마음을 다잡고 할머니와의 이별을 고요히 받아들이는 시간을 가져야겠다. 아름다운 풍경을 마주했을 때는 할머니를 추억하고, 할머니 없는 삶을 살아갈 우리 모녀의 남은 인생 여정을 응원하면서 말이다.

내가 할머니에게 해줄 수 있는 행복한 장례식에 대한 상상은 여기까지다. 언젠가 꼭 겪어야 할 그날이 오면 부디 밝고 행복하게 할머니를 보내줄 수 있기를 바라본다.

매미 소리가 들리는 걸 보니 이제 곧 할아버지 제사가 다가오나 보다. 우리 가족은 늘 절에서 제사를 지내왔는데, 올해는 할머니의 생각이 달라졌다.

"그냥 집에서 지내야. 그냥 떡 한 접시랑 물만 놓고 지내믄 돼야."

엄마는 놀란 눈으로 물었다.

"엄마 바뀌었네. 그럼 엄마는? 나중에 돌아가시면 그때는 어디서 제사를 지냈으면 좋겠어?"
"집에서 지내야. 한번씩 집에 와서 다들 잘 있나 보고 가게. 느들도 이쁘다 해주고."

할머니는 무덤덤한 얼굴로 말했다. 그러고는 엄마에게 부담을 줄까 걱정되었는지 얼른 이 말을 덧붙였다.

"그냥 떡 한 접시랑 물만 놓고 지내믄 돼야."

"알겠어. 그럼 엄마가 좋아하는 음식들 잔뜩 해놓고 기다리고 있을게."

엄마가 옅은 미소를 지으며 할머니의 볼을 쓰다듬었다. 할머니가 1년에 한 번씩 들러서 우리도 모르는 사이에 '느들 이쁘다' 해주고 가는 집 제사라…. 기분 좋으면서도 애틋한 상상에 내 입가에도 미소가 지어졌다.

이별의 고통이 두렵지 않다고 말할 수는 없지만, 이제는 내 앞에 놓인 '할머니 없는 삶'도 사랑할 준비가 되었다. 나는 그동안 참 많은 감정을 느끼면서 할머니로부터 사랑을 배웠으며 앞으로도 배울 것이고, 조금씩 더 성숙해질 것이다. 그리고 그 귀한 시간을 통해 할머니와 내가 결국에는 서로의 눈이고 다리였음을, 죽음이 내 마음속에서 웃고 있는 할머니까지 소멸시키지는 못한다는 걸 더 선명히 깨닫게 되겠지.

면 훗날 할머니가 그리운 날이 오면 휠체어를 밀며 걸었던 우리 동네 아파트 옆길을 지나 셋이서 함께 앉아 있던 공원을 산책할 거다. 그 정겨운 풍경을 내 눈동자에 담아 할머니에게 전해주면, 할머니는 아이같이 순수한 웃음을 당신의 눈동자에 담아 나에게 전해주지 않을까.

나는 이제 할머니가 떠난 후에 뭘 할지 상상하는 내가 밉지 않다.

우리는 서로의 얼굴을 오래 보았다

초판 1쇄 발행 2024년 9월 20일

지은이 김영롱

발행인 이봉주 **단행본사업본부장** 신동해
편집장 조한나 **책임편집** 김예빈
디자인 최희종
마케팅 최혜진 이은미 **홍보** 반여진
제작 정석훈

브랜드 웅진지식하우스
주소 경기도 파주시 회동길 20
문의전화 031-956-7210 (편집) 02-3670-1123 (마케팅)
홈페이지 www.wjbooks.co.kr
인스타그램 www.instagram.com/woongjin_readers
페이스북 www.facebook.com/woongjinreaders
블로그 blog.naver.com/wj_booking

발행처 ㈜웅진씽크빅
출판신고 1980년 3월 29일 제406-2007-000046호

ⓒ 김영롱, 2024
ISBN 978-89-01-28842-0 03810

• 웅진지식하우스는 ㈜웅진씽크빅 단행본사업본부의 브랜드입니다.
• 이 책은 저작권법에 의해 한국 내에서 보호를 받는 저작물이므로 무단 전재와 무단 복제를 금합니다.
• 책 내용의 전부 또는 일부를 이용하려면 반드시 저작권자와 ㈜웅진씽크빅의 서면 동의를 받아야 합니다.
• 책값은 뒤표지에 있습니다.
• 잘못된 책은 구입하신 곳에서 바꾸어 드립니다.